KB061417

22똥괭이네,
이제는 행복한 집고양이랍니다

일러두기

- 아이들의 나이는 이 글을 쓴 2019년을 기준으로 표기하였습니다.
- 고양이는 암수로 구별하지만 여기서는 남녀로 구분하여 표기하였습니다.
- 1부에는 내용 특성상 고양이들의 아픈 모습이 담긴 사진이 있습니다.

22똥괭이네,
이제는 행복한 집고양이랍니다

아프고 버려졌던
스트리트 출신 고양이들의
기적 같은 제2의 묘생기

이삼 집사 지음

위즈덤하우스

22똥괭이네에

초대합니다

길에서 구조한 스물두 마리의 고양이와 살고 있다. 지금은 유튜브에서 '22똥괭이네'라는 채널 이름으로 우리 아이들에 대한 이야기를 하고 있다. 감사하게도 많은 분들의 사랑을 받고 있다. 유튜브를 할 생각도 않았던 내게 아는 언니가 권유해 시작하게 되었다. 전문적인 장비도, 기술도 없었기에 몇 달 동안 고민만 하다 누가 보든 안 보든 우리 애들 일상을 일기 쓰듯이 올리자는 생각으로 무작정 시작했다. 우리 애들을 예쁘게 봐 준 많은 분들 덕분에 채널이 성장했고, 덕분에 나는 이 책을 쓰게 될 기회도 얻게 되었다.

많은 분들이 이 책을 통해 험난했던 과거를 가진 길고양이 출신의 우리 아이들의 이야기가 결코 슬프지만은 않다는 것을 느꼈으면 좋겠다. 길고양이가 집고양이가 되었을 때 여느 집고양이들과 다름없이 행복한 일상을 보낼 수 있다. 우리 아이들이 잘 지내는 것처럼. 정말 말 그대로의 평범한 일상 이야기를 담았다.

차례

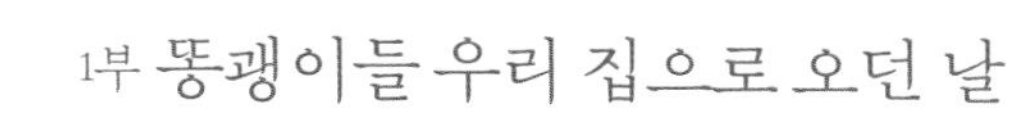

1부 똥괭이들 우리 집으로 오던 날

2부 똥괭이네 일상다반사

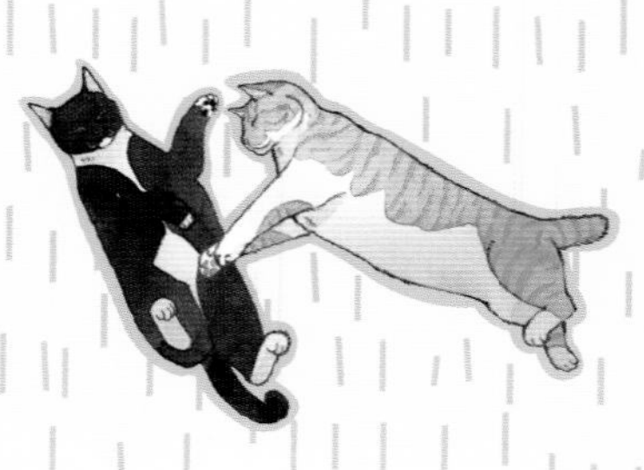

1부

똥괭이들 우리 집으로 오던 날

등장 동물 소개

이백이
온화한 평화주의 묘. 그러나 평화를 해치면 가차 없이 응징함. 똥괭이들 사이에서 인기냥. 고니와 형제 사이.

고니
서열 1위 (현)대장냥이. 내 집사와 여자애들에겐 따뜻한 카리스마 고양이. 이백이와 형제 사이.

콩님이
날렵한 날쌘돌이, 고니 이전의 (구)대장냥이.

도리
언젠간 대장이 되고자 하는 야망가. 하지만 현실은……. 간식 식탐이 많은 냐미쟁이. 수리와 남매 사이. 언제나 집사를 지켜본다.

소이
쪼꼬미. 이래 봬도 깡다구가 있음. 애들이 봐주는지도 모르고 깡패짓 하고 다니는 귀요미. 봄이의 딸.

봄이
우아한 여사님. 어릴 땐 꽤나 말괄량이였을 것 같음. 소이의 엄마냥이.

수리
아이들 눈곱 제거 담당. 항상 애들 눈을 핥아 주러 다닌다. 가끔씩 눈곱이 너무 많은 애들은 울컥하는지 냥펀치를 날리기도. 도리와 남매 사이.

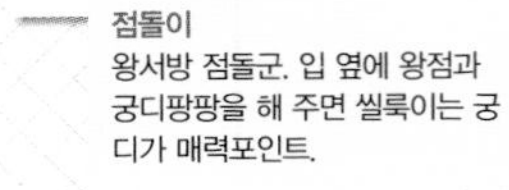

점돌이
왕서방 점돌군. 입 옆에 왕점과 궁디팡팡을 해 주면 씰룩이는 궁디가 매력포인트.

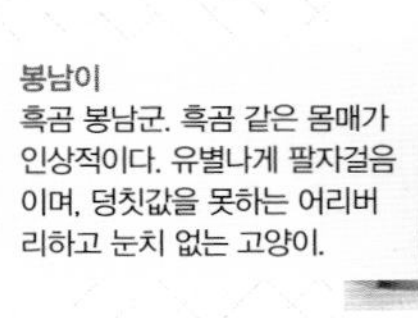

봉남이
흑곰 봉남군. 흑곰 같은 몸매가 인상적이다. 유별나게 팔자걸음이며, 덩칫값을 못하는 어리버리하고 눈치 없는 고양이.

삼이
뒤끝이 엄청 기니까 항상 대할 때 조심해야 함. 이백이를 짝사랑하고 있음.

앰버
찡찡이. 수다쟁이. 말이 엄청 많음. 얌전해 보이지만 이래 봬도 말괄량이 고양이.

코코
순딩이. 덩치는 크지만 순해서 애들이 만만하게 봄. 잘 놀아주는 착한 동네 형아.

기쁨이
어부바쟁이. 철든 것 같지만 사실은 철 안 든 고양이. 신나게 놀 때는 마냥 어린 아이. 선덕이, 유신이 엄마냥이.

유신이
기쁨이 아들. 선덕이와 남매 사이. 고양이 아니고 천방지축 망아지. 세상에서 레슬링 놀이가 제일 좋은 장난꾸러기.

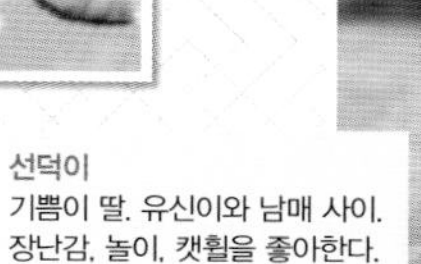

선덕이
기쁨이 딸. 유신이와 남매 사이. 장난감, 놀이, 캣휠을 좋아한다.

애옹이
도라이 애옹쓰. 탈출에 미쳐 있을 당시 붙은 별명. 근데 여전히 잘 어울린다는 건 안 비밀.

할배
어르신. 연로함. 항상 피곤해함. 자느라 바쁨. 밥 투정이 은근 심함. 최근엔 무념무상인 듯.

쁘니
싸납쟁이. 아직 손을 타지 않음. 할배와 코코를 좋아함. 이빨 없는 고양이가 취향인 듯.

러비
분홍방 멤버. 우주최강쫄보. 우리 집 서열 꼴찌. 겁쟁이. 소중한 우리 집 개복치.

아저씨
분홍방 멤버. 꾹꾹이 장인. 항상 집사 배와 다리를 꾹꾹이 해주곤 한다. 목소리가 허스키함. 이름이 아저씨지만 여자애인 건 안 비밀.

요미
분홍방 멤버. 기적이 보모냥이. 애교도 많고 말도 많음. 거실 산책을 자주 나간다.

기적이
분홍방 멤버. 무적의 기적이. 오냐오냐 키워서 제 뜻대로 안 되면 개적이 강림. 천상천하 유아독존. 집사의 최애 고양이. 아픈 손가락.

나의
첫 고양이,
콩님이

중성화 완료 18살 이상 추정

콩님이는 나에게 많은 '처음'을 선사해 준 특별한 아이다. 내 인생 처음으로 고양이를 구조했고, 처음으로 고양이를 품에 안아 보았다.

몇 년 전 여름부터 나는 길고양이들에게 밥을 주기 시작했다. 그 여름이 지나고 가을 끝 매서운 겨울이 찾아오기 직전, 콩님이는 우리 집에 오게 되었다.

콩님이는 주택가에서 밥을 챙겨 주던 유기묘였다. 경계심이 매우 심하고 어찌나 잽싼지 조금만 다가가도 순식간에 도망갔다. 그저 한 번씩 길고양이들 사료를 둔 곳에 나타나 밥 먹는 모습만 멀리서

보곤 했다.

그러던 어느 날 동네 길고양이를 챙겨 주시던 다른 분께서 집 앞을 떠나지 않고 계속 우는 고양이가 있다고 해서 가 보았다. 콩님이었다. 날쌘 몸으로 이리저리 사람을 피해 도망 다니던 모습은 온데간데없고, 뭐가 그리 서러운지 계속 사람을 보며 울어 댔다. 평소 콩님이와 다른 모습이 마음에 걸렸다. 마치 사람들에게 도움을 요청하는 것처럼 보였다.

결국 구조하기로 결정했지만 그 과정이 순탄하지는 않았다. 도움을 청했어도 막상 사람이 내뻗는 손은 무서웠는지 쉽사리 잡히지 않았다. 나 역시 처음 하는 구조였기에 서툴러 애를 먹었다.

며칠 동안 차 밑에서 경계하는 아이를 어르고 달래고 장난감이나 먹을 걸로도 꼬셔 봤지만 쉽게 넘어오지 않아 밤마다 실랑이의

연속이었다. 새벽이 되어 자러 가는 콩님이 뒤를 밟아 아지트를 알아내기도 했다.

그러던 중 운 좋게 콩님이가 문을 열어 둔 빌라 안으로 들어가는 걸 목격한 캣맘분께서 구석에 숨은 콩님이를 덥석 안아 집으로 잽싸게 들어오면서 얼떨결에 구조하게 되었다. 연락을 받고 바로 달려갔다. 그렇게 길에서 경계를 했던 게 무색할 만큼 사람이 만지고 발톱을 깎아도 가만히 있었다. 이렇게 얌전한데, 뭐가 그리 무서워서 경계를 했던 걸까.

구조 직후 병원으로 데려가 건강검진을 했다. 특별히 다른 전염병은 없었으나 방광염에 걸렸다고 했다. 그제야 경계심이 심하던 아이가 왜 갑자기 사람들을 붙잡고 울고불고 했는지 이해가 되었다. 방광염은 가볍게 생각할 수도 있지만 조금만 방치해도 순식간에 신장이 망가져 목숨을 잃을 수도 있는 무서운 병이다.

겨울은 밥은 물론이고 물도 구하기 힘들어져 길고양이들에게 유난히 혹독하다. 콩님이가 그 상태로 길에서 겨울을 보냈다면 아마 그해 겨울을 버티지 못하고 별이 되었을지도 모른다. 그 사실을 스스로도 알고 있었던 게 아니었을까. 그래서 그렇게 도와 달라고 매일같이 와서 울었던 것일지도 모른다.

눈이 오던 날
우리 집으로 온 아이들,
이백이와 고니

이백이(남아)

중성화 완료 | 5세

고니(남아)

중성화 완료 | 5세

이백이와 고니는 아주 어릴 때 산에 버려진 유기묘였다. 새끼 고양이 두 마리를 분양받은 어떤 아저씨가 집에서 고양이를 키워 보니 생각보다 번거롭고 귀찮았는지 박스에 담아 산속에 있는 길고양이 급식소 앞에 버렸다. 고양이 밥이 항상 가득 있는 곳에 두었으니 자신은 버린 것이 아니라 자연에 방생했다고 생각했을 것이다. 하지만 그게 버린 것이 아니면 도대체 무엇일까.

그래도 운이 좋은 아이들이었다. 똑똑하게도 버려진 장소에서 멀리 떨어지지 않은 곳에 둘이서 딱 붙어 있었다. 새끼 고양이여서

그랬는지 다행히도 산속 길고양이들이 침입자라고 내쫓지 않고 못 본 척 봐 준 덕분이었다. 그리고 길고양이들 밥을 챙겨 주던 다른 분이 산속에서 매일같이 사료를 불려 와 챙겨 주기도 했다. 그렇게 좋은 상황들이 겹쳐 매우 열악하고 부족한 환경에도 나름 행복하게 성장할 수 있었다.

나는 아이들이 4~5개월쯤, 이름하여 캣초딩이 될 무렵 만났다. 내가 밥 주던 산속의 길고양이 무리는 나름 체계적으로 단단하게 형성된 상태였다. 이백이와 고니는 어른 길고양이들 사이를 뛰어다니고 나무를 타고 오르거나 햇살 가득한 곳에 앉아 바람과 햇볕을 즐기기도 했다. 그러다 다치기도 했는데 고니가 벌에게 쏘이거나 뭐에 물렸는지 다리 한 쪽이 퉁퉁 부어서 나타난 적도 있었다. 그래도 행복했을 것이다. 자유롭게 뛰어다닐 수 있는 산속 환경에 든든하게 지켜 주는 어른 길고양이들, 매일 밥을 챙겨 주는 사람들이 있었으니까.

하지만 그것도 어린 이백이와 고니가 처음 겪은 겨울을 넘기지는 못했

다. 아무리 사람들이 스티로폼 박스들로 겨울 집을 만들어 줘도 뼛속까지 시린 추위와 그로 인해 약해진 몸에 침투한 전염병을 막을 수가 없었다.

유난히 추웠던 어느 날, 밥을 주러 갔더니 항상 그 자리에 있던 이백이는 없고 고니만 있었다. 의아해하던 중 며칠 만에 드디어 이백이가 나타났다. 하지만 상태가 썩 좋아 보이지 않았다. 눈곱도 잔뜩 껴 있고 힘이 없는 모습으로 스티로폼 박스 집 안에 웅크리고 있었다. 며칠 전만 해도 괜찮았는데……. 깜짝 놀란 나는 허겁지겁 집에서 이동장을 가져와 이백이를 병원으로 데려갔다.

병원에서는 범백혈구 감소증이라고 진단했다. 바이러스성 장염

인데 전염성과 치사율이 매우 높은 질병이다. 이백이는 한동안 병원에서 입원 치료를 받았다. 전염성이 매우 높은 질병이어서 항상 붙어다니던 고니도 걱정이 되었는데 다행히 고니는 건강했다. 그렇게 어쩔 수 없이 고니와 이백이는 잠시 헤어지게 됐다. 갑자기 사라진 이백이를 찾아다니는 고니를 애써 모른 척할 수밖에 없었다.

강한 전염성 때문에 격리실에서 치료를 받는 이백이를 면회하러 갈 때마다 아는 척하며 반겨 주었다. 다행히, 한 달여 만의 치료 끝에 무시무시한 전염병을 이겨 내고 드디어 고니를 만날 수 있었다.

그동안 낯선 병원에서 영문도 모른 채 많이 무서웠을 이백이는 산으로 돌아오자 처음엔 어리둥절하다가 곧 서럽게 울어 댔다. 고니는 이상한 냄새를 묻히고 온 제 형제를 경계하다가 곧 알아보았다. 너무 오랜만에 만나서 서로 못 알아볼까 봐 걱정했는데 다행이었다. 이백이는 그렇게 산속으로 돌아왔다. 하지만 한겨울 추위는 도저히 가실 줄을 모르고 더욱 살벌해졌다.

펑펑 눈이 오던 날이었다. 평소처럼 나는 밥을 챙겨 주었고 이백이와 고니는 밥을 먹으며 산속에서 한참을 앉아 시간을 보냈다. 쓰러진 나무 위에 올라가 있는 아이들의 등에 눈이 소복이 쌓이는 것을 가만 바라보다 문득 생각했다.

산속 생활은 좋다. 도심에 비해 해코지 하는 사람도, 뭐라 하는 사람도 훨씬 덜하니까. 자유로웠지만 딱 거기까지였다. 온갖 전염병과 혹독한 추위를 언제까지 견딜 수 있을까. 해가 바뀔 때마다 사라

지고 새롭게 나타나는 수많은 길고양이들이 떠올랐다. 이 아이들이 거기에 포함되는 것은 생각하기도 싫었다.

그날, 이백이와 고니는 결국 집고양이가 되었다.

평생 너의 상처를 보듬어 줄 거야, 요미

요미(여아)

중성화 완료 | 5세 추정
분홍방 멤버

어김없이 산으로 애들 밥을 챙겨 주기 위해 가던 어느 날이었다. 산으로 가는 길목 한 빌라 주차장에서 차 밑에 넋 놓고 앉아 있던 요미를 만났다. 4~5개월쯤 될 법한 아직 어린 아이였다.

아무 생각 없이 그냥 고양이 간식캔 하나 까 주고 가려고 했다. 근데 요미가 캔을 주자 냠냠냠냠 소리를 내며 보는 사람이 당황스러울 정도로 허겁지겁 사료를 먹기 시작했다. 맨바닥에 사료를 줄 수가 없어 비닐봉지 위에 까 줬는데 바람이 불어와 봉지가 접혀 캔을 덮어 버리자 세상을 잃은 듯이 서럽게 울던 모습은 뭔가 귀여우면서도 어이가 없어서 웃음이 나올 정도였다. 다시 봉지를 들어서 캔이 덮이지 않도록 잘 잡아 주자 요미는 며칠 굶기라도 한 듯 허겁지겁 다시 냠냠냠냠 소리를 내며 사료를 먹기 시작했다.

사료를 다 먹이고 난 뒤에 다시 산으로 가기 위해 발걸음을 돌렸는데 요미가 무작정 나를 따라왔다. 따라오지 말라고 아무리 설득해도 고집을 부리며 끝끝내 따라왔다. 나를 따라오던 요미는 뒷다리를 살짝 절뚝이고 있었다. 얼핏 보니 다른 길고양이한테 물린 듯 상처가 있었다.

캔 하나 까준 게 뭐라고, 마치 나를 알에서 깨어나 각인이라도 한 새끼 오리처럼 졸졸졸 끝까지 따라오는 요미가 귀여우면서도 난감하고, 또 조금은 서글픈 기분도 들었다. 정말 그깟 캔 하나 준 게 뭐라고…….

아직 어렸던 요미는 제 영역을 벗어나는 줄도 모르고 그저 신나

서 나만 보고 졸졸졸 쫓아오더니 산 입구에 다 와서야 제 영역을 벗어난 것을 깨달았는지 패닉이 오기 시작했다. 갑자기 주변을 둘러보더니 당황해하는 요미를 보며 너무 황당했던 기억이 난다. 영역을 벗어나 어쩔 줄 몰라하는 요미를 급한 대로 가방에 넣었고, 결국은 병원으로 데려갔다. 요미는 그렇게 구조되었다.

전염병 바이러스가 있지는 않은지 기본 검진을 하고, 심한 상태였던 상처도 마저 치료를 했다. 요미가 당시 우리 집에 들어올 때에 집에 있던 아이들은 콩님이와 이백이와 고니뿐이었는데, 콩님이, 이백이, 고니는 어린 여동생이 들어오자 살뜰히 요미를 보살펴 주었다.

조금 시간이 지나 요미가 좀 더 큰 후 중성화를 진행하게 되었고, 중성화까지 끝마친 다음에 요미는 입양처가 나타나서 입양을 가게 되었다. 이로써 해피엔딩인 줄로만 알았지만 그렇지 않았다.

입양 간 지 1년이 좀 넘었을 때였다. 입양자의 갑작스런 사정으로 파양되어 다시 내게로 돌아왔다. 너무나 슬프고 비극적인 일이었다. 갑작스럽게 가족이라 여겼던 이들에게서 버려져 마음의 상처를 크게 입었다. 파양되고도 일주일을 곡기를 끊은 채 제 가족들을 찾았다.

더더욱 슬픈 것은 요미를 그렇게 살뜰히 챙겨 주었던 콩님이, 이백이, 고니는 요미를 알아보지 못했다. 요미 역시 더 이상 애들을 알아보지 못했고, 애들과 잘 어울리지도 못했다. 결국 요미는 서열 낮은 아이들이 있는 격리방, 즉 분홍방(분홍색 물건들이 많아서 분홍방이라고 한다)에서 생활하게 되었다. 다행스럽게도 시간이 흐르면서 많이 좋아져 거실을 왔다갔다하며 생활하고 있지만, 마음 한구석에 요미에게 남은 상처는 지워지지 않는 흉터가 되었다.

반려동물의 입양은 신중하고, 또 신중해야 한다. 요미의 상처는 평생 내가 보듬을 것이다.

이제 가슴 아픈 이별은 없기를, 봄이와 소이

봄이(여아)

중성화 완료 | 6세 이상 추정

소이(여아)

중성화 완료 | 4세

지인에게 처음 보는 아이가 산으로 가는 길목에 있다는 연락을 받았다. 바로 봄이였다. 전해 들은 이야기와는 달리 봄이는 혼자가 아니었다. 갓 2개월이 되었을 법한 새끼 두 마리와 함께였다. 봄이는 새끼들을 데리고 자신에게 밥을 줬던 사람을 만난 곳에서 기다리고 있었다. 마치 제 새끼들도 밥 좀 달라는 듯이. 그 새끼 고양이 중 한 아이가 바로 소이였다.

아이들을 본 순간 표정이 굳을 수밖에 없었다. 산 근처 길고양이들이라면 웬만해선 거의 다 알고 있었는데 단순히 길고양이라고 치기에는 너무나 이상했다. 새끼들까지 데리고 갑자기 나타난 고양이가 경계심이 없는 것도 이상했다. 심지어 소이의 형제 고양이는 이 동네 길고양이들에게는 나올 수 없는 품종묘 코트를 지니고 있었다. 혹시나 집에서 품종묘와 교배를 하고 출산 후 가출을 했나 싶었지만 혼자도 아니고 새끼들까지 데리고 가출을 한다는 게 현실적으로 무리가 있어 보였다. 그렇다면 생각할 수 있는 가능성은 딱 하나. 혹시 어미와 새끼들을 한꺼번에 유기한 것은 아니었을까.

나는 허겁지겁 집으로 가서 이동장을 가져왔다. 다행히 아이들 모두 순순히 이동장에 들어가 주었다. 봄이는 이동장이 익숙한 듯 당황하지 않았다. 집에는 고양이들이(당시 콩님이, 이백이, 고니) 있어서 혹시 모를 전염병의 가능성이 염려되어 우선 병원으로 가 전염병 검사를 비롯해 기본 검진을 받았다. 다행히 봄이도 새끼들도 전부 건강한 상태여서 집으로 데려왔다.

처음부터 콩님이와 이백이, 고니 이렇게 세 마리 이상은 키울 마음이 없었다. 그래서 임시보호를 하며 혹시나 잃어버린 사람이 있나 찾아보다가 없으면 좋은 입양처를 찾으려 했다. 아니나 다를까 아이들을 잃어버렸다고 찾는 사람은 없었다. 나는 마음속으로 유기를 확신할 수밖에 없었다. 결국 입양글을 올리기 시작했다.

품종묘 코트를 가진 봄이의 아들 고양이는 예뻤기 때문인지 바로 입양 문의가 여기저기서 왔다. 입양 문의를 준 사람들과 하나하나 다 얘기를 나눴다. 그중 정말 좋은 가족이 되어 줄 것 같은 사람에게

베베라는 이름을 가지고 입양을 가게 되었다. 봄이에게서 새끼를 떼어 놓는다는 것이, 그리고 베베에게서 엄마를 떼어 놓는다는 것이 정말 너무 가슴이 아프고 못된 일을 하는 것만 같았다. 하지만 내가 전부 품고 키울 수는 없는 노릇이었다. 최대한 입양 보낼 수 있는 아이들은 입양을 보내는 것이 맞다고 생각했고, 세 아이들이 모두 함께 입양 가는 건 현실적으로 힘들다고 생각했기에 나는 봄이와 베베를 떼어 놓을 수밖에 없었다.

입양처로 이동하는 택시 안에서 엄마를 찾아 우는 베베를 보며 다시금 느꼈다. 제아무리 동물이라한들 부모 자식 사이를 떼어 놓는 것만큼 못된 일이 또 어디 있을까. 그런 생각을 하면서 끝까지 책임지고 키울 것도 아닌데 반려동물을 교배시켜서 출산을 시키고 또 분양을 보내는 사람들을 생각하니 너무 안타깝고 화가 났다. 사람들은 동물의 번식 본능은 존중해야 한다고 주장하며 교배를 시키면서 어미가 새끼를 지키고자 하는 본능은, 새끼가 어미를 찾는 본능은 왜

존중하질 않는 걸까. 정말 본능을 존중한다면 새끼들까지 전부 다 책임지고 키워야 하는 것이 아닐까.

평생 함께할 좋은 가족을 찾아가는 길이었지만 그래도 가슴 아픈 생이별을 시키고 오는 발걸음이 무거웠다. 베베가 입양을 간 후 바로 봄이를 중성화 수술을 시켜 주었다. 봄이에게 가슴 아픈 생이별은 이번으로 족했다.

수술 후 회복까지 끝내고 봄이와 소이의 입양처도 마저 찾아 주려 하였지만 어떻게 된 일인지 입양 문의가 가뭄이 내린 것처럼 하나도 오지 않았다. 딱 한 번 입양 문의가 왔었지만 입양 상담 과정에서 내게 말했던 모든 정보들이 거짓말이었다는 것을 알게 되었다. 거짓말투성이인 의심스러운 사람에게 입양을 보낼 수는 없어서 결국 무산이 되었고 한두 해가 지났다. 그렇게 모녀 고양이 둘은 내 옆에 남게 되었다. 이제 누구보다 소중한 내 새끼로.

그리고 입양 간 봄이의 아들 베베는 안타깝게도 하늘나라로 먼저 떠나게 되었다. 누구보다 잘 살 줄 알았는데……. 알고 보니 베베는 선천적으로 신장이 기형적으로 태어났고(유전일 가능성도 있다고 했지만 다행히 봄이와 소이는 건강했다) 그 때문이었는지는 모르겠지만 세 살이라는 어린 나이에 신장림프암에 걸려 투병하다가 떠났다. 너무 마음이 아팠다. 나는 봄이를 보며 무슨 말을 해야 할지 몰라 결국 아직도 봄이에게 말해주지 못했다. 차마 너의 아들이 떠났노라고 말할 수가 없었다. 그저 베베가 이제는 더 이상 아프지 말고 편히 쉬기를 바랄 뿐이다.

언제나 둘이 함께야, 도리와 수리

도리(남아)
중성화 완료 | 4세 추정

수리(여아)
중성화 완료 | 4세 추정

길고양이 밥을 주기 시작하면서 눈에 레이더망이라도 생긴 건지 내가 보려 하지 않아도 자꾸 길고양이들이 눈에 띄었다. 버스에서 내려 내 똥괭이들이 기다리고 있을 집으로 급히 돌아가는 길이었다. 주차된 차 밑에서 쭈그리고 앉아 있는 비쩍 마른 새끼 고양이가 눈에 띄었다. 바로 도리였다.

내가 밥을 챙겨 주던 구역이 아니라 살펴보니 근처에는 길고양이들 밥을 챙겨 주는 곳이 없는 것 같았다. 비쩍 마른 새끼 고양이에게 한 끼라도 배불리 먹여 주자 싶어서 사료를 챙겨 다시 찾아갔다. 그런데 그새 어디로 가 버린 건지 아무도 없었다. 안타까운 마음에 주변을 조금 둘러보았는데, 근처에서 쓰레기봉투를 뜯고 있는 도리와 도리와 똑닮은 새끼 고양이가 있었다. 수리였다. 한눈에 남매임을 확신할 수밖에 없었다.

당시 도리와 수리는 이제 갓 어미의 품에서 벗어나 독립한 3~4개월의 어린 캣초딩들이었다. 고니와 이백이와 달리 도리와 수리는 도심에서 챙겨 주는 사람도 없고 돌봐 주는 어른 길고양이도 없었다. 그래서 그런지 고니와 이백이의 캣초딩 시절에 비해 더 꼬질꼬질하고 비쩍 마르고 지쳐 보였다. 그 어린 것들이 쓰레기봉투를 뜯는 뒷모습이 왜 이렇게 짠하던지.

사료 봉투를 흔들며 "쭈쭈" 하고 부르자 뒤를 돌아본 도리와 수리가 갑자기 "냐아아아옹" 울면서 헐레벌떡 달려왔다. 아무리 새끼여도 다른 길고양이처럼 사람을 경계할 줄 알고, 불러서 적당히 근처에 사료를 놓고 물러나야지 생각했는데 이게 웬걸.

얼떨떨한 기분으로 사료를 주자 숨도 안 쉬고 먹는 어린 도리와 수리의 모습에 다시 짠해졌다. 밥을 든든하게 다 먹고 나서 어디론가 가길래 따라가 보니 엄청 높고 옆면이 뻥 뚫린 계단이 있는 건물의 구석진 화단이었다. 도리와 수리가 잠을 자며 지내는 아지트인 듯했다.

화단에서 열심히 서로 그루밍을 해 주다 이내 내가 지켜보든 말든 신나게 놀기 시작했다. 높은 계단을 막 뛰어올라가 노는 어린 것

쓰레기 무단투기 금지
CCTV
임대
쓰레기종량제규격

들이 자칫 잘못하다 옆으로 떨어져 큰 사고를 당할 수도 있었다. 순간 가슴이 철렁해 이리 오라고 부르니 다행히 내려와서 놀았다.

아무도 챙겨 주지 않는 곳에 비쩍 마른 두 새끼 고양이들. 거기다 건물 계단을 이리저리 뛰어다녀 사고 위험도 있었고, 혹시나 건물 사람들의 민원이라도 들어온다면 이 아이들은 보호소로 끌려갈 수도 있었다. 도저히 이대로는 안 되겠다 싶어 구조하기로 결심했다.

도리와 수리는 쉽게 이동장에 들어와 주었다. 어찌 보면 신중해야 할 구조를 충동적으로 했지만 지금도 후회하지 않는다. 그 덕분에 두 아이들이 지금 이렇게 내 곁에 있으니까. 도리와 수리를 그 곳에 내버려 뒀다면 어떻게 되었을지, 새드엔딩으로 끝나지 않았을까 하는 생각밖에 들지 않는다.

비쩍 마른 채로 쓰레기봉투를 뜯으며 도심 속을 돌아다니던 도리와 수리는 그렇게 집고양이가 되었다.

둘은 서로에 대한 의존도가 굉장했다. 혈육이기 때문에 당연히 어느 정도 의지하는 것은 있었지만, 형제인 고니와 이백이나 모녀인 봄이와 소이보다 더욱 끈끈한 남매였다. 하루 종일 붙어 지내고 어쩌다 따로 놀다가도 잘 때는 꼭 서로를 찾는 모습이 길에서 서로 의지를 많이 했구나 싶었다.

도리와 수리도 길에 두는 것보다 좋은 가족을 찾아주자 싶어서 구조를 한 거였지만, 나는 도저히 도리와 수리를 떨어트릴 수가 없었다. 이렇게나 서로를 의존하는데. 동반 입양이 어려운 것을 잘 알면서도 욕심을 부렸다. 도리와 수리를 같이 입양 보내는 것이 아니면 입양 보내지 않겠다고 결심을 한 것이다.

아니나 다를까…… 한 마리의 고양이를 입양하는 것도 신중해야 하고 부담스러울 수밖에 없는데 두 마리를 선뜻 동시에 입양하겠다는 사람은 나타나지 않았다. 그렇게 시간은 계속 흘렀다. 도리와 수리는 결국 입양을 가질 못했다. 내가 구조한 아이들 중 품종묘이거나, 예쁘고 건강한 아이들은 전부 입양을 잘 갔는데 꼭 이렇게 몇몇 애들은 입양 문의가 끝까지 나오지 않았다. 혹은 문의가 왔더라도 묘연이다 싶은 사람을 만나지 못해서 결국 입양을 가질 못하고 내 옆에 남았다.

도리와 수리는 지금도 여전히 서로에게 크게 의지하며 산다. 둘을 떼어놓지 않기로 선택했던 것을 나는 후회하지 않는다.

행복한 집고양이로 만들어 줄게, 봉남이

봉남이(남아)

중성화 완료 | 4세

봉남이는 뒷산에서 밥 주던 한 길고양이의 새끼였다. 봉남이의 엄마 고양이는 다산의 여왕이라고 부를 정도로 출산을 굉장히 많이 하던 아이였는데, 굉장히 모성애가 강하고 사람에게는 엄청 사나웠다. 사람에게 경계가 심했던 탓에 쉽게 잡히질 못해서 TNR(길고양이 중성화)을 계속 실패했는데 다행히 이후에 포획되어 TNR 후 방사되었고 드디어 출산의 굴레에서 벗어나게 되었다.

봉남이는 엄마를 따라서 뒷산의 길고양이 밥을 놓아 두는 곳에 오곤 했다. 하지만 건강한 듯했던 봉남이가 서서히 아프기 시작했다. 추운 겨울만 무서운 것이 아니다. 무더운 여름날에도 전염병 바이러

스는 순식간에 퍼진다.

봉남이는 헤르페스 바이러스에 감염이 되었다. 눈곱이 끼기 시작했고 눈에 띄게 기력이 줄었으며 나중에는 눈이 달라붙다시피 해서 급기야는 눈을 뜨지 못했다. 새끼 길고양이들은 조금만 방치돼도 헤르페스 바이러스로 눈이 실명할 수가 있기 때문에 같이 길고양이 밥을 주던 분과 함께 봉남이 구조를 하기로 했다.

하지만 쉽지 않았다. 봉남이를 지키고 있는 봉남이의 어미 고양이 때문이었다. 봉남이의 어미 입장에서는 웬 인간들이 자기 새끼를 데려가려고 하니 당연히 경계하고 공격적일 수밖에 없었다. 봉남이를 구조하는 것이 곧 어미에게서 납치하는 것이 되겠지만 그렇다고 점점 기력이 없어지고 상태도 안 좋아지는 아이를 그대로 내버려 둘 수도 없는 노릇이었다.

며칠 동안 실패만 하던 어느 날, 봉남이의 어미 고양이가 잠시 한눈을 판 사이 후다닥 봉남이를 포획했다. 봉남이의 어미 고양이를 같이 구조하기에는 집고양이로 적응하는 게 과연 가능할까 싶을 정도로 완전히 야생이었고, 봉남이의 다른 형제들도 있었다.

봉남이의 어미 고양이 입장에서 나는 납치범과 다를 게 없을지도 모른다. 나는 속으로 미안하다고 여러 번 사과하며 대신에 봉남이는 꼭 살려서 좋은 가족을 찾아 행복한 집고양이로 만들어 주겠노라고 다짐했다.

봉남이는 구조 즉시 병원으로 이동해 진료를 받았다. 헤르페스로 단단하게 달라붙어 있던 눈을 억지로 떼어 내면서 흉터가 남았다. 그 후유증으로 지금도 그쪽 눈만 안압이 살짝 높다.

며칠 입원하여 헤르페스와 눈 치료를 받은 후 금방 퇴원하는 듯하였으나⋯⋯ 범백이라는 무서운 병이 생겨 다시 입원할 수밖에 없었다. 당시에는 나도 고양이에 대해서 지금만큼 알지 못해서 전염병의 잠복기 동안에는 검사를 해도 키트가 양성으로 뜨지 않을 수 있다는 걸 몰랐다. 때문에 건강하게 퇴원한 봉남이가 다시 범백으로 입원했을 때는 너무 자괴감이 들었다.

봉남이의 어미 고양이에게 건강하게 살려서 행복한 집고양이로 만들어 주겠노라고 약속했는데⋯⋯. 힘든 나날들이었다. 봉남이를 병원에 입원시켜 놓고 그 작은 새끼 고양이가 견딜 수 있을까 싶

어 불안한 나날들을 보내던 중, 봉남이가 피를 토했다고 마음의 준비를 해야겠다며 병원에서 연락이 왔다.

억장이 무너졌다. 이렇게 허무하게 떠나 보내려고 구조를 한 게 아닌데, 살리려고 구조를 했는데. 내가 할 수 있는 건 그저 봉남이가 버텨 주기만을 기도하는 수밖에 없었다.

다행히도 봉남이는 힘든 병을 이겨 내고 일어나 주었다. 봉남이는 강한 아이였다. 고마워, 봉남아.

건강하게만
내 곁에 있어 줘,
삼이

삼이(여아)

중성화 완료 | 4세

삼이는 옆 동네 길가를 떠돌아다니는 길고양이에게서 태어난 삼형제 중 막내다. 형제 중에서 가장 체구가 왜소하고 약했다. 내가 직접 돌본 것은 아니라서 삼이가 태어난 환경이 어땠는지는 잘 모르지만 당시 삼이네 가족에게 밥을 주며 돌보던 분이 차가 쌩쌩 다니는 길가에서 위험하게 돌아다니는 삼형제 아가들이 위험하다고 여겨 구조했다(어미 길고양이는 어떻게 되었는지 못 들었다). 아이들이 입양을 가기 전까지 돌봐 줄 임시보호처가 없어 곤란하다며 혹시 아이들을 맡아줄 수 있는지 연락을 받았다.

사실 임시보호를 할 여건은 되지 않았기에 고민이 되었지만 갈 곳이 없다는 아기 고양이 삼형제를 외면할 수가 없어 결국 맡게 됐다. 치즈 고양이 녀석은 남자애라서 남이, 삼이는 삼색이라서 삼이, 밤이는 밤비처럼 예뻐서 밤이라고 이름을 지어 줬다. 데려와서 격리 후 입양처가 나올 때까지 보호하려 했으나 생각대로 쉽게 풀리지는 않았다.

남, 삼, 밤은 데려오자마자 많이 아팠다. 갑자기 밤이가 다리를 절며 고열을 앓기 시작해 병원에 데려가니 길에서 살 때 옮은 칼리시 바이러스가 발병한 것 같다고 했다. 그렇게 밤이를 시작으로 남이도, 삼이도 같은 증상을 보이며 아프기 시작했다. 상부 호흡기계 질병인 칼리시 역시 전염성이 있는 바이러스였기 때문에 같이 생활을 해 온 삼형제가 전부 아픈 것은 어찌 보면 피할 수 없는 비극이었다.

증세가 제일 심각했던 밤이를 입원시키고 남이와 삼이는 병원에서 받아 온 약과 영양제들을 먹였다. 밥을 거부해서 매일같이 영양식을 만들어 강제 급여를 했다. 성묘라면 그래도 좀 힘내서 버텨 주었을 텐데……. 아직 너무 어리다 보니 이겨 내는 게 너무 힘들었다. 거기다가 아무리 격리하고 소독한다고 한들, 집에 있는 다른 아이들도 신경이 쓰였다. 여러모로 너무 힘든 시기였다. 다행히 다른 아이들에게 옮지는 않았다.

그렇게 힘든 싸움을 이어 나가던 중 밤이의 상태가 매우 악화되었다. 가장 증세가 심각했던 밤이는 병원에 입원해 치료를 해도 점점 나빠지기만 했다. 면회를 갔더니 전문가가 아닌 내 눈으로 보기에도 당장이라도 숨이 끊어질 것만 같았다. 아무리 치료를 하고 수액 처치가 들어간다고 한들 뭐라도 먹어야 힘을 내서 버틸 텐데, 밤이는 아무것도 먹지 않았다. 병원에 강제 급여를 해 주실 수 있는지 여쭤 보았지만 너무 바빠 여의치 않다고 했다.

고민을 하다가 결국 밤이의 퇴원을 요청했다. 집에서 직접 피하수액을 놓기 위해 수의사 선생님께 방법을 배우고 약을 처방받아 퇴원했다. 어떻게든 강제 급여를 해서 뭐라도 해 보고 싶은 심정이었다. 이제 와서 생각해 보면 밤이를 퇴원시켰던 게 큰 실수가 아니었을까 하는 생각도 든다. 그때는 수의사 선생님도 나도 예상하지 못해 아무 것도 모르고 퇴원을 시켰지만 밤이는 칼리시로 인해 몸 상태가 매우 악화되면서 범백까지 겹친 상태였던 것 같다.

퇴원해 오자마자 격리한 채 피하수액을 놓고 강제 급여를 했지만 밤이는 제대로 받아들이질 못했다. 밤이는 그냥 힘없이 몸을 축 늘어트린 채 잠을 잤고 그날 새벽, 무지개다리를 건넜다.

슬퍼할 새도 없이 나는 함께 격리하고 있었던 남이와 삼이가 걱정되어 다른 병원을 수소문해 입원을 시켰다. 남이는 그나마 좀 튼튼했던 아이라 그런지 다행히 괜찮았다. 조금 남아 있었던 칼리시도 입원 후에 집중적으로 치료를 받으며 금세 회복했다. 하지만 삼이는 그러지 못했다. 작고 약했던 삼이는 밤이가 퇴원해서 왔던 날, 그 잠깐의 접촉에 바로 범백이 옮아 버렸다. 어떻게든 살려 보자고 했던 게 결국 비극을 초래한 것이다.

새로 수소문한 병원에서 바로 범백에 집중 치료를 시작했고 다행히도 너무 다행히도 삼이는 이겨내 주었다. 칼리시까지 이겨낸 삼이가 많이 대견스러웠지만 한편으론 많이 미안했다. 내가 밤이를 퇴원시키지만 않았어도…… 하는 생각에서 벗어날 수가 없었다.

남이는 다행히 좋은 입양처가 나타나 칼리시 완치 판정을 받고 퇴원하자마자 바로 입양처로 이동했다. 그리고 삼이는 봉남이와 함께 고양이가 없는 다른 임시보호처로 잠시 갔다가 돌아왔다. 혹시 모를 잔여 바이러스가 남아 있을까 싶은 우려에서였다. 그렇게 고비를 넘긴 삼이는 건강하게 무럭무럭 자라주었고 아쉽게도 입양처는 나타나지 않았다.

삼이를 구조했던 분은 삼이가 입양을 가지 못하자 마음이 급했는지 최후의 수단으로 대학교 기숙사에 있는 따님 친구분이 키우겠다고 했다며 입양을 보내자 했지만 아무리 생각해도 안정적인 가정이 아닌 곳에서, 반려동물이 허용되지 않는 기숙사에서 몰래 키운다는 게 위험해 보여 결국 거절했다.

내가 책임지고 입양을 보내겠다고 마음먹고 직접 삼이의 입양처를 알아보았다. 나름 열심히 했지만 묘연이 없었던 건지 삼이는 결국 입양을 가질 못했다. 그리고 지금 이렇게 내 옆에 있다. 건강하기만 하면 됐다. 그걸로 된 거다.

이제
더 아프지 말자,
점돌이

점돌이(남아)

중성화 완료 | 4세

점돌이의 어미 고양이도 봉남이네 어미처럼 다산의 여왕이었다. 이후에 다산의 여왕, 점돌이 어미 고양이는 TNR을 해 주었다.

점돌이를 처음 만났던 때가 아직도 생생하다. 점돌이의 어미 고양이는 길고양이 급식소로 밥을 먹으러 오던 아이였는데 출산 후에는 평소보다 허겁지겁 밥을 먹고 급하게 새끼들 곁으로 돌아가곤 했다. 항상 그러던 아이가 어느 날, 먹으라고 준 닭가슴살 덩어리를 물고 어디론가 가는 것이 아닌가.

그 모습을 보고 새끼들이 이제 슬슬 이유식을 시작할 때가 되었음을 짐작했다. 새끼들에게 물고 갈 수 있도록 봉지에 사료와 닭가슴

살을 담아서 일명 봉지 도시락을 싸 주었고, 점돌이 어미 고양이는 밥을 먹고 난 뒤 항상 봉지 도시락을 물고 돌아갔다.

하루는 문득 어디로 가는 건지 궁금해져 살금살금 점돌이의 어미 고양이 뒤를 몰래 쫓아갔다. 주택가로 간 녀석은 어떤 마당 있는 집으로 들어가는 것이 아닌가.

창살 사이로 살짝 보니 마당 구석진 곳에서 몰래 새끼를 낳았던 것인지 거기서 새끼들이 쪼르르 튀어나와 어미를 반겼다. 그 새끼들 중에는 점돌이도 있었다. 작은 새끼 고양이의 입 옆에 왕 점이 있는 게 너무 인상적이었다. 새끼들은 세 마리였고, 이제 제법 커서 봉지 도시락 하나만으로는 양이 턱없이 부족해 보였다.

그날 이후 나는 매일같이 산에서 길고양이 밥을 주고 내려와 집으로 가는 길에 잠깐 들러서 구석진 곳에 숨어 밥을 조금씩 놔 주었다.

며칠 찾아오니 점돌이와 형제들이 딱 내가 산에서 내려오는 시간에 맞춰서 나와 있기 시작했다. 그렇게 나와 있으니 나는 더 편했다. 산속 급식소가 아닌 주택가였기 때문에 도로를 지저분하게 만들 수가 없어 넉넉히 양을 주지 못했는데, 딱 시간 맞춰 나와 있으니 배

부르게 한 끼 먹을 수 있도록 넉넉히 주고 다 먹을 때까지 기다렸다가 배불러서 남기면 내가 치우고 올 수가 있었으니까.

그렇게 우리는 매일 만났다. 하지만 길고양이들의 생존율이 그렇게 높지 않다는 걸 증명이라도 하듯이 한 아이가 아프기 시작하더니 아예 사라져 버렸다. 죽었는지 살았는지 모르지만 아마 별이 되지 않았을까…… 추측할 뿐이다.

남은 두 아이는 그래도 꼬박꼬박 밥을 먹으러 나왔다. 그러다 어느 날 사라져 버린 그 아이처럼 점돌이도 어느 날 갑자기…… 갑자기 사라져 버렸다.

그렇게 열흘이 지났을까, 보이지 않던 점돌이가 드디어 나타났다. 주차된 차 밑에 쓰러져 움직이지 않고 간신히 숨만 쉬는 모습으로.

점돌이의 상태는 말 그대로 최악이었다. 비릿한 피 냄새가 풀풀 풍겼고 얼굴도 엉망진창이었다. 차 밑에 쓰러져 꼼짝도 안 하고 움직이지 않는 점돌이를 부랴부랴 가져온 이동장 안에 넣고 도로로 내려와 급하게 택시를 잡아 탔다. 이동하는 내내 코피를 흘려 택시 안은 피 냄새로 진동을 했다. 다행스럽게도 택시 기사님이 다급한 상황임을 아시고 양해해 주셔서 너무나 감사하게도 병원으로 무사히 이동할 수 있었다.

병원에 도착하고 다급한 점돌이의 상태에 부랴부랴 처치실로 들어가 조치를 했다. 점돌이는 무언가 사고나 외상이 있었던 건 아니었다. 다만 여러 가지 전염병이 겹쳐 몸 상태가 최악의 상태가 되어버린 것이었다.

심각한 헤르페스에다가 입 안은 궤양으로 뒤덮여 도저히 음식물을 씹을 수도 없을 정도의 칼리시, 그리고 치사율 높은 심각한 범백까지…….

과연 살릴 수 있을까 싶었지만 다행스럽게도 점돌이는 보란 듯이 이겨내 주었다. 처음엔 손 탄 아이가 아니었기에 치료만 해주고 방사를 해주려 했지만, 긴 치료에 긴 병원 생활을 하면서 조금씩 손 타기 시작한 점돌이의 모습에 방사를 다시 한 번 고려해보게 되었다. 하지만 결과적으로 방사를 아예 포기하게 된 계기는, 의도치 않게 점돌이의 몸에 남게 된 범백 후유증 때문이었다.

점돌이는 이상하게도 정상적으로 거동을 하지 못했다. 뒷다리에 힘이 별로 없고 휘청휘청거리며 걸었고 점프도 제대로 하지 못했다. 처음에는 긴 병원 생활로 운동을 안 해서 잘 못 걷는 게 아닐까 싶었지만 결국은 범백 후유증이었다. 범백 후유증으로 신경에 손상을 입어 거동이 불편해진 것이었다. 인터넷으로 찾아보니 간혹 범백을 심하게 앓고 나서 제대로 거동을

하지 못하는 후유증을 앓는 아이들이 여럿 있었다.

점돌이는 그렇게 방사가 불가능해졌고, 지금은 내 옆에 남게 되었다. 휘청휘청거리며 걷던 것도 지금은 제법 많이 좋아졌지만, 완벽하게 좋아지지는 않았다. 오랫동안 뒷다리를 정상적으로 쓰질 못해 척추에 무리가 갔는지 지금은 허리도 많이 좋지 않아서 한 번씩 침 치료를 받으러 간다.

아직까지는 그래도 젊은 편이라 괜찮지만 나중에 나이가 들었을 때 뒷다리와 허리에 누적된 데미지로 인해 혹여나 다리를 못 쓰게 되는 것이 아닐지 하는 걱정이 많이 된다. 그럴 일이 없기만을 간절하게 바라고 있다.

평생 옆에서 너의 수다를 들어 줄게, 앰버

앰버(여아)

중성화 완료 | 5세 추정

앰버는 경기도 광명에서 구조된 아이였다. 무슨 이유에서인지 야밤에 마른하늘에 날벼락처럼 길에 유기를 당했고, 마침 그 지역에서 길고양이들 밥을 주시던 캣맘에게 발견되었다.

캣맘분이 안쓰러운 마음에 매일 밥을 챙겨 주었고, 낯설고 무서운 길 생활에 유일한 희망이라고 생각했는지 캣맘분과 만나는 담벼락에서 종일 기다리고, 캣맘분이 나타나면 쉴 새 없이 울며불며 매달렸다. 나 여기 무섭다고 다시 집으로 돌아가고 싶다고 얘기하는 듯했다. 앰버가 많이 마음에 걸린 캣맘분이 결국 나에게 입양 가기 전까지 임시보호를 해 줄 수 있는지 물어보셨고 나 역시 담벼락에 앉아 하루 종일 캣맘분만 기다리는 앰버의 모습에 마음이 좋지 않아 임시보호를 맡기로 했다. 그렇게 앰버는 나에게 왔다.

길 생활을 며칠이라도 했기 때문에 혹시 모를 전염병 우려를 걱정해 기본 검진을 하고 잠복기를 지나 중성화까지 마친 뒤 우리 집에 왔다. 앰버는 그 잠깐의 길 생활 동안 지알디아라는 기생충에 감염이 된 상태였다. 짧은 길 생활이었지만 앰버에게는 충분히 고되고 힘들었을 것이다.

기생충에 감염이 되어 아픈 상태였는데 만약 내가 외면했더라면, 캣맘분이 외면했더라면 어찌 되었을지 상상만으로도 끔찍했다. 집고양이는 절대 길에서 살아갈 수 없다. 간혹 운이 좋아 적응해서 살아간다고 한들 그것이 과연 정상적인 삶일까? 너무나 고된 삶이 아닐까.

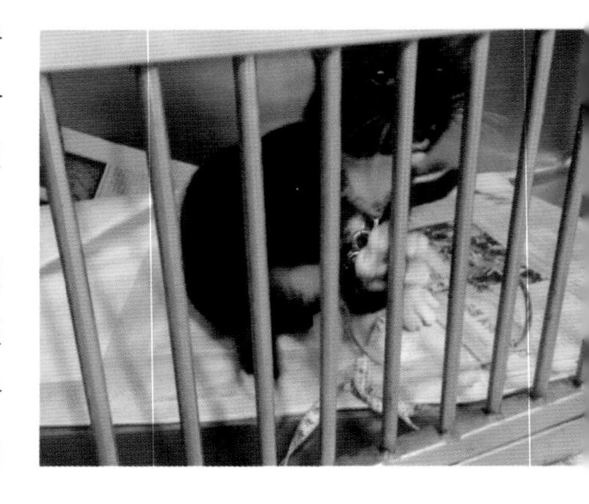

앰버 또한 처음엔 입양을 보내는 것이 목적이었기에 입양을 보낼 준비를 했다. 여태까지 아이들을 구조하고 입양을 보내며 항상 느꼈지

만, 건강하고 예쁘고 어린 아이가 아니면 현저하게 입양률이 떨어지는 것을 보면 참 씁쓸했다. 입양은 커녕 관심받기도 힘들었다. 앰버 역시 입양 문의는 오지 않았다. 캣맘분은 나에게 미안한 마음에 다른 임시 보호처라도 알아보려고 하셨지만 나는 또 다른 상처를 주고 싶지 않아 거절했다. 어찌 보면 내 욕심일지도 모르지만, 입양처가 확실하게 나타난 게 아닌 이상 앰버가 여러 곳을 떠돌며 정착하지 못하는 삶을 살게 하고 싶지 않았다.

앰버는 결국 지금 내 곁에 있다. 길에서도 그랬지만 여전히 지금도 말이 굉장히 많은 편이다. 관심 받고 싶을 때면 쉴 새 없이 냥냥 애교를 부린다. 오죽하면 별명이 찡찡이, 수다쟁이일까!

너무 착한.
너무너무 착한,
코코

중성화 완료 | 8세 이상 추정

코코는 어느 날 갑자기 나타났다. 이미 사람 손을 많이 탄, 사람에게 굉장히 친화적인 길고양이였다. 길고양이가 사람에게 친화적이어서 좋을 건 없다. 길에서 현명하게 살아남으려면 사람을 경계해야만 한다. 이 세상에 좋은 사람만 있는 건 아니니까.

그러다 결국 일이 터졌다. 어느 날 코코가 사라졌고, 나는 다른 길고양이들처럼 우리가 모르는 곳에서 사고가 났거나 해서 죽은 줄로만 알았다. 그런데 어느 날, 코코를 챙겨 주던 한 캣맘분에게 새벽에 연락이 왔다. 죽은 줄로만 알았던 코코가 철장에 갇힌 모습으로 보호소 공고에 올라와 있었다.

날이 밝자마자 구청과 보호소에 급히 연락을 해서 알아보니 사람을 너무나 좋아하던 코코는 그날도 어김없이 남녀노소 불문하고 사람들을 쫓아다녔다고 한다. 그러던 중 한 사람이 구청에 신고를 했고 그 사람에게 안겨서 구청까지 갔다고……. 구청에 연계되면 안락사가 기다리는 시 보호소로 넘겨질 텐데, 그것도 모르고 좋다고 안겨서 구청까지 가게 된 코코는 당연히 시 보호소로 연계되었고 그렇게 보호소 공고 사진에 뜬 것이었다.

바로 보호소에 연락해 돌보던 고양이라고 데리러 간다 말한 후 곧장 출발했다. 제법 먼 거리에 위치한 보호소에 부랴부랴 도착해서 관련 서류를 작성하니 보호소 직원분이 코코를 데리고 나왔다. 시 보호소는 안락사의 위험뿐만이 아니라 길에서 떠돈 어마어마하게 많은 아이들이 모여 있는 곳이기에 전염병의 우려도 있었다. 실제로 시 보호소는 안락사 기간이 되기도 전에 전염병으로 폐사하는 아이들도 많다. 그래서 바로 병원으로 이동해서 기본 검사를 했고, 집에도 애들이 많았기에 전염병 바이러스의 잠복기 동안은 병원에서 지내게 되었다.

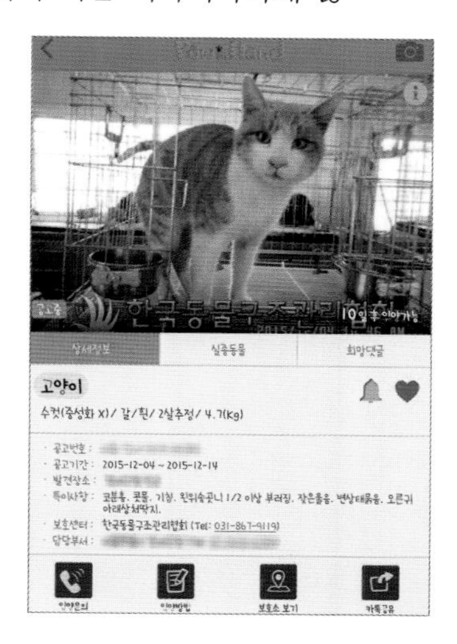

병원에서 지낼 때 중성화도 진행했고, 모든 준비를 마친 뒤 드디어 코코를 집으로 데리고 올 수 있었다. 내가 외면

하면 아무도 데리러 올 사람이 없어 안락사의 위험에 놓일 게 뻔한 코코를 그대로 둘 수가 없어 일단 데리고 나오긴 했지만 나 역시 집에 들인다는 게 쉬운 선택은 아니었다. 다시 원래 있던 곳에 방사를 해야 하는지 고민을 많이 했지만 사람을 너무 좋아해 스스로 안락사가 기다리는 시 보호소로 안겨서 들어간 코코를 차마 다시 방사할 수가 없었다.

코코는 지금도 사람을 매우 좋아한다. 성별 나이 불문, 집에 손님들이 오면 항상 먼저 반겨 준다. 하지만 시 보호소로 끌려갔던 기억이, 길 잃고 가족을 잃은 아이들이 철장에 갇혀 서글픈 울음을 내뱉고 있었을 시 보호소에서 보낸 며칠 간의 기억이 코코에게 안 좋게 남았던 걸까. 코코는 여전히 사람을 좋아하지만 이제 더 이상 안기는 걸 좋아하지는 않는다.

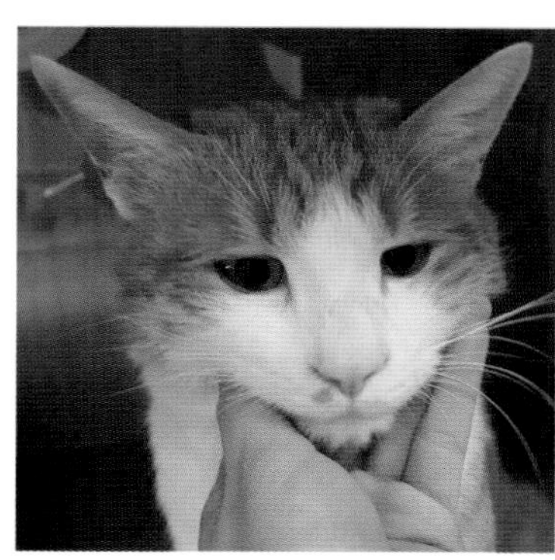
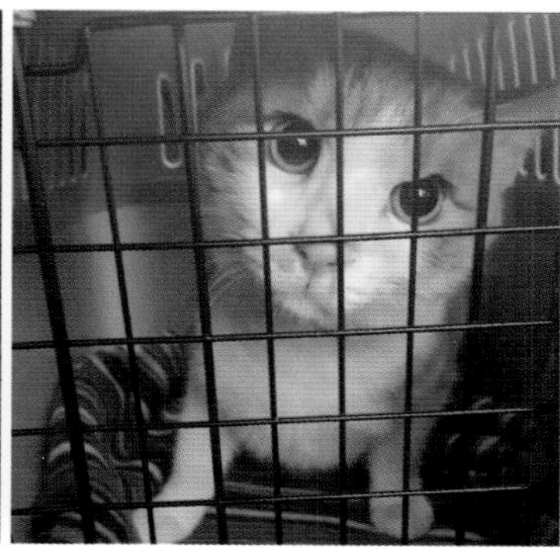

더 이상 서러울 일은
없을 거야,
러비

중성화 완료 | 7세 이상 추정
분홍방 멤버

러비는 어느 날 갑자기 산에 나타났다. 아주 작은 덩치로 소심하게 밥을 얻어먹으러 다가오곤 했지만 다른 길고양이들의 텃세에 금세 기가 눌려 도망가곤 했다. 어찌나 겁이 많은지 밥 먹으러 와서 다른 길고양이들이 무서워 가까이 다가오진 못하고 멀찍이서 서럽게 울어댈 뿐이었다. 한쪽 눈 위에 길고양이한테 당했던 건지 흉터가 있었는데, 지금도 그 부분은 털이 자라질 않고 있다.

너무 서럽게 울어서 당시에는 이름을 '서럽이'라고 불렀다. 처음엔 단순히 그냥 다른 구역에서 밀려난 겁 많은 길고양이라고 생각했기 때문에 크게 구조할 생각은 없었는데, 점점 가면 갈수록 길고양

이들에게 텃세를 심하게 당하고 사람에게 매달리기 시작했다.

그런 러비를 결국 그냥 둘 수가 없어 구조해서 병원으로 옮겼고 이름도 서럽이에서 러비로 바꾸게 되었다. 그리고 병원에서 알게 된 사실은 러비가 단순 길고양이가 아닐 수도 있다는 점이었다. 러비는 다른 길고양이들과는 다르게 TNR 표식이 없었기 때문에 나는 당연히 중성화가 되어있지 않을 거라고 생각했고, 그건 의사 선생님들도 마찬가지였다. 그래서 집으로 들이기 전, 중성화를 하기 위해 개복을 했는데 웬걸, 이미 중성화가 된 상태였다.

어떤 길고양이도 중성화 후에는 다들 표식을 해놓기 때문에 러비가 길고양이였다면 표식이 없을 리가 없었다. 길을 잃었거나 아니면 산속에 버려졌거나. 원래는 집고양이였을 거라고 생각할 수밖에 없었다. 괜히 안 해도 되는 수술만 하게 된 꼴이 되어 버려서 너무 미안하고 속상했다. 혹시나 잃어버린 사람이 있을까 싶어 그날로 바로 인터넷에 주인을 찾는다는 글을 여기저기 올려 보았는데 딱히 잃어버렸다는 사람은 나타나지 않았다.

아무래도 러비는 유기된 것이 아니었을까, 하는 결론을 조심스레 내려 본다. 당시 산속에서 길고양이 밥을 준다는 사실을 알고 있던 사람들이 아이들을 버리고 가는 일이 종종 있었기에 러비도 결국은 그런 경우가 아니었을까 생각해 본다.

러비는 내가 생각한 것보다 겁이 엄청 많은 아이였다. 산에서 잠시나마 지내면서 길고양이들에게 텃세를 당한 게 트라우마로 남았는지 러비는 집에 와서 다른 고양이들을 보자마자 패닉에 사로잡혔다.

몸을 덜덜 떨면서 최대한 방구석에서 몸을 딱 붙이고 있던 모습에 나는 적지 않은 충격을 받았다. 고양이를 무서워하는 고양이라니……. 러비는 어떻게 해서든 외동묘로 입양을 보내야겠다는 결심과 동시에 눈앞이 까마득해졌다. 코숏 성묘의 외동 입양처를 찾는다는 것은 정말 하늘에 별 따기와도 같았기 때문에.

인터넷에 여러 군데 입양글을 올려 보았지만 아니나 다를까 입양처는 쉽게 나타나지 않았다. 그래도 포기하지 않고 입양처를 찾아보자며 계속해서 글을 올려 보았지만 내 노력이 무색하게도 문의조차 오지 않았다. 러비는 외동묘로 입양 가면 정말 사랑받고 살 텐데. 정말 예쁜데 아무도 알아주지 않다니, 야속한 마음까지 생길 정도였다.

고양이 공포증으로 다묘가정 생활은 절대 불가능할 것만 같았던 러비는 아주 조금씩 적응해 나가기 시작했다. 비록 다른 고양이들과 친하게 지내는 것은 불가능했지만, 그래도 자기를 건들이지만 않으면 그런대로 생활할 수 있는 수준이 되었고, 거실로 나오면 조금 긴장을 하지만 서열이 낮은 아이들을 위해 만든 격리방 안에서는 경계심 없이 평화롭게 살 수 있게 되었다.

다묘가정인 만큼 아이들끼리 서로 의지를 하곤 해서 오로지 나에게만 의지하는 느낌은 별로 받지 못하는데, 러비만큼은 나에게만 절대적으로 의지한다는 느낌을 많이 받는다. 내가 외출을 하면 내 냄새가 많이 묻은 이불이나 옷에서 잠을 자는 유일한 고양이다.

비록 나는 우리 집 애들에게 한없이 부족한 집사지만, 러비가 이제 더 이상 서럽진 않을 거라고 조심스레 생각해 본다.

세상에서
제일 예쁜
아저씨

아저씨(여아)

중성화 완료 | 9세 이상 추정
분홍방 멤버

산속에서 살던 아저씨를 처음 만났을 때만 해도 나는 고양이를 키우지도 않고, 길고양이 밥을 챙겨 주기 시작한 지도 얼마 되지 않아 고양이에 대해서 잘 몰랐다. 그래서 아저씨를 처음 만났을 때에는 아저씨가 남자 고양이라고 생각했다. 당시에는 아저씨가 길 생활을 하면서 표정도 많이 좋지 않았고 또 목소리가 굉장히 허스키했기 때문에 동네 아저씨 같다는 인상을 받았다. 그래서 그냥 아저씨라고 부르면서 밥을 주곤 했는데 어느덧 그 호칭이 너무나 익숙해져 이제는 이름이 되어 버렸다.

그래서 아저씨가 여자 고양이였다는 걸 알고 너무 놀랐다. 하지

만 이미 아저씨라는 호칭에 나도, 아저씨도 익숙해져 있어서 뭐 어때라는 심정으로 계속 부르게 되었고, 그렇게 5년을 넘게 불러오다 보니 이제는 아저씨의 이름을 바꿔 주고 싶어도 엄두가 나질 않는 웃픈 상황이 됐다.

아저씨는 처음 봤을 때부터 TNR 되기 이전에 낳았던 자신의 새끼 까미를 데리고 다녔다. 까미는 이미 성묘였는데도 아저씨는 계속 데리고 다녔다. 아저씨랑 까미는 언제나 같이였다. 밥을 먹으러 올 때도, 밥을 다 먹고 돌아갈 때도 말이다.

아저씨는 처음 봤을 때부터 구내염을 앓고 있었다. 구내염 때문에 침 흘리기 시작하는 아저씨의 모습에 병원에서 구내염 약을 타와서 밥을 줄 때마다 먹이곤 했지만 약만 먹이는 걸로는 쉽사리 낫지 않았다. 시간이 흐를수록 구내염은 점점 심해졌다. 살고자 하는 의지가 강했기에 밥을 주면 입이 아파도 꾸역꾸역 잘 먹던 아저씨가 너무나 통증이 심했는지 밥을 잘 안 먹기 시작했고, 나중에는 아예 못 먹는 지경에 이르렀다. 결국은 안 되겠다 싶어서 구내염을 치료해 준 다음에 다시 방사해 줄 생각으로 아저씨만 구조해서 병원으로 데려갔고, 아저씨는 치아흡수성병변으로 인한 구내염으로 결국 전발치를 할 수밖에 없었다.

오랫동안 구내염을 앓아온 아저씨의 치아 상태는 이미 녹을 대로 녹아 있었기 때문에 그냥 손대는 순간 술렁술렁 이빨이 다 빠져버려 수술이 그리 길지도 않았다. 아저씨는 이빨을 전발치한 뒤, 오히려 시원하다는 듯이 바로 밥을 먹기 시작했다. 그동안 얼마나 아팠을까.

아저씨가 구조되고, 아저씨의 새끼였던 까미는 산 바로 밑에 있

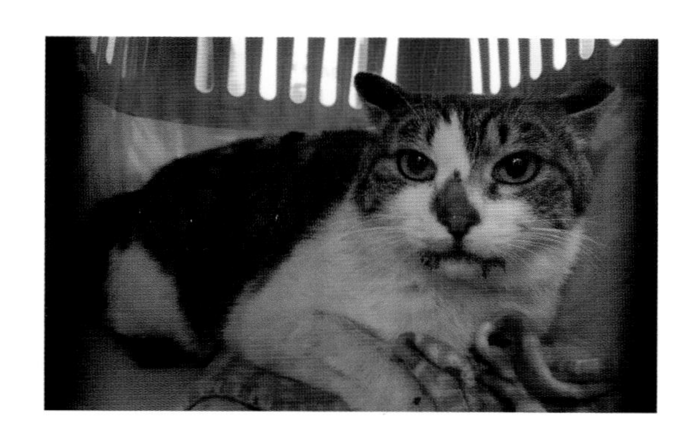

는 주차장에서 사고를 당해 별이 되고 말았다. 믿을 수 없는 일이었다. 정말 하늘도 무심하시지, 살고자 발버둥 치는 이 작은 생명들을 비정하게 데려가고야 말다니.

아저씨는 결국 방사하지 못했다. 적은 나이는 아니었던지라 전발치 후에 아저씨가 길 생활을 잘 할 수 있을지 걱정되는 마음도 컸고, 무엇보다 아저씨는 오랫동안 챙겨 주었던 아이라 내가 정이 들어버린 게 더 큰 이유였던 것 같다. 고양이에 대해서 잘 모를 때 만났던 아이였으니까.

잘 모를 때부터 아저씨는 사람에게 그리 친화적인 아이는 아니었다. 극도로 경계하며 사납게 굴지는 않았지만 사람에게 곁을 잘 내주지 않던 아저씨 같은 인상의 아이였는데, 지금은 아저씨라는 이름이 너무나 어색할 정도로 예뻐졌고 애교도 넘쳐흐른다. 매일 나에게 꾹꾹이를 해 주는데, 그때는 이 정도로 애교가 많을 거라고는 생각하지 못했다.

사랑해 주면 이렇게나 예뻐진다. 똑같이 사랑으로 보답해 준다. 아저씨가 아프지 말고 오래오래 함께했으면 좋겠다.

함께 있어서 다행이야, 기쁨이와 선덕이, 유신이

기쁨이(여아)

중성화 완료 | 6세 이상 추정

선덕이(여아)

중성화 완료 | 3세

유신이(남아)

중성화 완료 | 3세

길고양이의 생존율은 극히 낮다. 특히 새끼일 때 많은 아이들이 죽고, 살아남는다 한들 오래 사는 애들도 극히 드물다. 잘 모르는 사람들은 길고양이들은 길에서도 잘 산다, 잘 살아남는다 생각하겠지만 그 실상을 알고 보면 절대 그렇지 않음을 금방 알 수 있을 것이다.

기쁨이는 산에서 살던 길고양이였다. 출산도 내가 본 것만 두 번 정도였는데 새끼들이 전부 살아남지 못했다. 기쁨이는 매번 배 아파 낳은 제 새끼들을 전부 잃으며 억장이 무너지는 이별을 겪어 왔다. 어미가 제아무리 잘 지켜보려고 해도 길에서의 삶은 새끼들이 버티기에 너무나 잔혹하고 냉정했다.

새벽 내내 폭우가 심하게 쏟아지고 아침이 되어 갠 어느 날이었다. 기쁨이의 새끼들은 그날 전부 별이 되었다. 산으로 올라가는 초입구에 사람의 눈이 잘 닿지 않는 구석진 곳에 새끼들을 숨겨놓았던 듯하였으나 그곳은 새벽의 폭우로 인해 엉망진창으로 빗자국에 패어 있었고 새끼들은 차갑게 젖은 채 여기저기 널려져 있었다. 아직 눈도 뜨지 못한 새끼들은 다 숨을 거둔 뒤였다. 기쁨이는 그곳에 허망하게 서 있었다.

그 작은 아이들을 묻어 주기 위해서 하나하나씩 상자에 담아 산으로 올라가는데 기쁨이가 애처롭게 뒤를 따라왔다. 당시 기쁨이를 챙겨 주던 다른 캣맘분과 함께 새끼들을 묻어 주기 위해 삽으로 흙을 파고 있는데 그 옆에 잠시 놓아둔 상자 속에 있는 새끼들을 기쁨이가 연신 핥아 댔다. 그 모습이 너무 슬퍼 아직도 잊혀지지 않는다. 사람이나 동물이나 모성애는 다를 게 없는데, 정말 다 똑같은데…….

제 뱃속으로 낳은 새끼들을 하루아침에 잃은 기쁨이는 얼마나 참담한 심정이었을까.

어느 정도 적당한 깊이의 구덩이를 파고 새끼들을 하나씩 조심스럽게 구덩이 속으로 넣는데 기쁨이가 새끼들을 따라 구덩이 속으로 얼굴을 들이밀며 왜 내 새끼들을 여기에 놓느냐는 듯이 연신 냄새를 맡고 새끼들을 핥아 댔다. 그런 기쁨이를 겨우 말리며 간신히 새끼들을 수습해 주고 나니 새끼들을 잃은 기쁨이의 쳐진 젖이 너무나 서글프게 느껴졌다.

그런 일이 있고 난 뒤, 동네 길고양이들 TNR을 하고 있었던 나는 당연히 기쁨이도 TNR을 하려고 했었지만 정말 간발의 차로 기쁨이가 또 임신을 해 버렸다. 이미 임신을 했는데 잡아서 수술시킨다는 게 마음이 좋지가 않아서 결국은 또 보류가 되었고 그렇게 기쁨이는 다시 한 번 출산 준비를 시작했다.

하지만 이미 여러 번 새끼들을 잃었기 때문일까, 기쁨이는 안 하던 짓을 하기 시작했다. 갑자기 사람에게 애처롭게 매달렸고, 산에서 잘 내려오지 않던 애가 주택가의 도로까지 내려와서는 계속해서 자기 좀 데려가 달라는 듯 매달리기 시작했다. 그런 기쁨이를 처음에는 외면할 수밖에 없었다. 집에는 이미 구조되어 온 아이들이 많았고, 임신까지 한 기쁨이를 선뜻 데려올 자신이 없었기 때문이다.

외면하고 외면하고, 또 외면했지만 만삭의 몸으로 도로까지 내

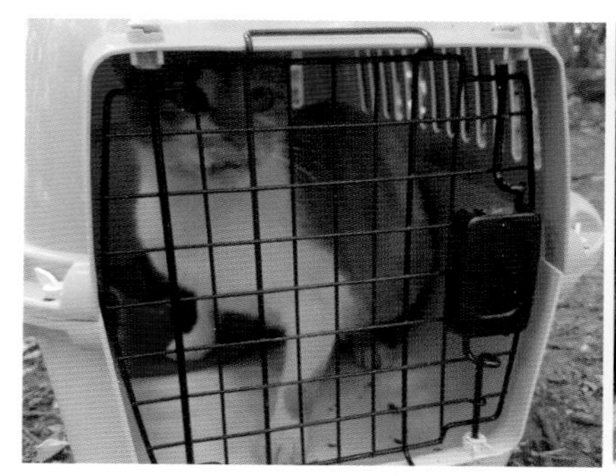
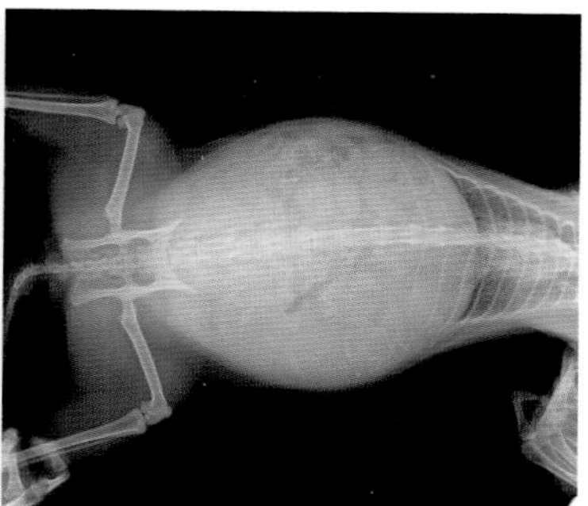

려와 매달리는 모습을 보고 결국 구조하게 됐다. 그런데 전염병 잠복기 동안 머물 곳이 문제였다. 출산이 임박한 기쁨이를 강아지 고양이들로 시끌시끌한 병원에서 호텔링을 시킬 수도 없고, 전염병 잠복기가 지나지도 않았는데 집에 들일 수도 없는 노릇이었다.

결국 동네 지인의 창고를 잠시 빌려 기쁨이가 그곳에서 생활할 수 있게 했다. 그리고 구조한 지 며칠 지나지 않은 어느 늦은 새벽, 기쁨이는 혼자서 힘겹게 여섯 마리의 새끼들을 출산했다.

기쁨이를 똑닮은, 치즈태비 무늬를 가진 세 마리의 새끼 고양이와 삼색 무늬를 가진 세 마리의 고양이들. 하지만 길에서의 생활이 많이 힘들었던 탓일까, 기쁨이는 출산을 끝내자마자 췌장염으로 쓰러져 버렸다. 너무나 당황스러웠다. 젖먹이들을 두고 쓰러져 버리면 어떡하니……. 처음엔 기쁨이가 수유를 해야 했기 때문에 어떻게든 병원에서 통원 치료로 췌장염을 치료해 보려고 했지만, 치료가

적극적으로 들어가지도 못하고 수유는 수유대로 힘든 상황이 됐다. 췌장염도 심각하면 목숨이 위험할 수 있기에 나는 기쁨이의 췌장염 치료를 우선으로 할 수밖에 없었다. 결국 기쁨이를 병원에 입원시켜 적극적으로 치료를 부탁드리고 새끼들은 인공 수유로 돌릴 수밖에 없었다.

혼자서 돌보기엔 너무 벅찼기 때문에 임시로 수유해 줄 분을 찾아 부탁드렸다. 그런데 제 어미의 모유가 아니여서일까. 사람의 서툰 손길로 인공 수유를 시작하자 아니나 다를까 애들이 많이 아프기 시작했다. 이유를 알 수 없는 쇼크가 계속 오고 갑자기 힘이 축 쳐지기도 했다. 아픈 새끼들을 데리고 허겁지겁 병원에 달려가기 바쁜 나날들이었다. 그렇게 정신없는 날들을 보내고 있던 중 다행히 기쁨이가 췌장염이 완치되어 퇴원을 해서 돌아왔다. 병원에서는 아무리 다 나왔다고 해도 당장 여섯 마리의 아이들을 돌보는 건 기쁨이에게 너무 큰 무리라고 했다. 집으로 기쁨이를 데려오면서 세 마리는 수유처에 그대로 두고 세 마리만 데려올 수밖에 없었다.

드디어 집으로 오게 되었지만 이미 많이 약해져 있던 삼색이 새끼 고양이 한 마리는 얼마 되지 않아 세상을 떠났고, 결국 기쁨이 품에는 두 마리의 새끼 고양이만 남게 되었다. 그게 바로 선덕이와 유신이다. 기쁨이가 췌장염 치료를 하며 이미 젖이 많이 말라 젖이 잘 나오지 않아 불가피하게 내가 직접 분유를 먹이며 기쁨이와 공동 육아를 하게 되었다. 새끼 고양이를 돌보는 건 정말 두 번 다시는 못 하겠다 싶을 정도로 힘든 일이었다. 멀쩡하게 잘 먹고 잘 자고 하다가도 갑자기 애가 기력이 없고 축 늘어지는 일이 다반사여서 병원에 밤낮으로 수도 없이 뛰어다녔다. 그렇게 힘들게 선덕이와 유신이를 키워 냈다.

수유처에 있는 세 마리의 아이들은 다행히 인공 수유를 무탈하게 마친 후 그중 두 마리는 좋은 집에 같이 입양을 가게 되었다. 그리고 나머지 한 마리는 잘 크기는 했지만 몸이 약해 잔병치레를 엄청 많이 했다. 계속 수유처에 둘 수가 없어 집에 데려왔지만 결국 세상을 떠나 버렸다.

결국 기쁨이에게는 선덕이와 유신이만 남게 되었고, 아쉽게도 입양 문의는 별로 들어오지 않았다. 기껏 들어와도 입양 희망자가 갑자기 잠수를 타는 등 좋지 않게 끝나서 결국 지금까지도 내 옆에 남아 있게 되었다. 다묘 환경에 살게 된 것은 다행이라고 할 수 없지만 한편으로는 중성화를 끝낸 기쁨이에게 선덕이와 유신이가 있어서 다행이라는 생각도 든다.

새끼들을 여러 번 잃고 모성애가 애틋하고 강하게 남은 기쁨이는 선덕이와 유신이가 성묘가 되어서도 계속해서 젖을 물리고 핥아주며 지금도 새끼들에게 각별하게 대한다.

아프지 말고 오래오래 옆에 있어 줘, 할배

중성화 완료
최소 10세 이상 추정

할배는 한때 산속을 호령하던 대장 길고양이였다. 아주 가끔씩 산속으로 밥을 먹으러 오곤 했는데, 나중에 옛날 사진들을 뒤져 보다가 안 사실이지만 내가 고등학생 시절 지나가다 찍은 사진에도 할배가 있었다. 도대체 언제부터 있었는지 알 수가 없어서 할배의 나이를 아무리 생각해 봐도 추정할 수가 없다.

할배는 한때 대장 길고양이였지만 나이도 들고 몸에 병이 찾아오기 시작했다. 특히 할배를 제일 많이 괴롭혔던 것은 구내염이었다. 전염병 다음으로 제일 많이 길고양이들을 괴롭히는 것이 구내염 아닐까 생각한다. 나이가 들고, 구내염으로 밥도 잘 먹지 못해 점점 쇠

약해지면서 할배는 젊은 아이들에게 밀려나기 시작했다. 입이 아파 피와 침을 흘리면서도 살고자 하는 본능으로 꿋꿋이 밥을 먹었다.

사실 할배는 구조하고자 한 아이가 아니었다. 당시 나는 이미 많은 아이들을 데리고 있었고, 구조해서 치료 후 입양을 보내려고 아무리 노력해도 내 맘처럼 쉽지는 않았다. 아무한테나 보낼 수는 없는 노릇이니까, 정말 평생 끝까지 책임지고 반려해 줄 가족을 찾는다는 건 너무 어려운 일이었다. 구조를 하며 입양 보내는 것도 쉽지 않다는 걸 뼈저리게 느꼈고, 특히나 할배처럼 나이도 많고 아픈 아이는 더욱 입양이 쉽지 않다는 것도 잘 알고 있었다. 사실상 내가 품을 것이 아니면 구조할 수가 없는 아이였기에 더욱 할배를 구조하고자 하지 않았다.

어느 날 다른 아이들 TNR을 하기 위해서 통덫을 설치하고 아이들을 포획하고 있었는데 할배가 나타났다. 밥을 챙겨 주니 할배는 구내염 때문에 입이 아파 피와 침을 엄청 흘리면서도 꾸역꾸역 밥을 먹었다. 그런 할배를 가만히 보고 있는데 한때는 당당하게 빛났을 대장 고양이의 눈이 죽어있는 것만 같았다. 왠지 서러워졌다.

그래서 처음에는 치료하고 방사해 주자 생각을 했다. 그래, 치료만 해주자 치료만. 길에서 버티든 못 버티든 나머진 이 아이 몫이다. 이렇게 수없이 다짐을 하며 할배를 포획했다. 힘없이 앉아 있던 할배 앞에 통덫을 놓고 엉덩이를 살짝 미니 순순히 안으로 들어갔다.

TNR 하려고 포획한 아이들은 그쪽 병원으로 이동을 시키고 할배는 따로 애들 구조할 때 치료하는 병원으로 옮겼다. 구내염이 너무 심했기 때문에 전발치 수술을 했고, 중성화도 같이 진행했다. 할배의 입 상태는 생각했던 것보다 훨씬 더 처참했고 심각했다. 목구멍은 궤양으로 가득 차 있었고, 구내염은 너무 심각했으며 심지어 잇몸 한쪽은 이미 썩을 대로 썩어서 괴사되어 있었기 때문에 전발치 수술하면서 같이 도려낼 수밖에 없었다.

여태까지 지켜본 전발치 수술들

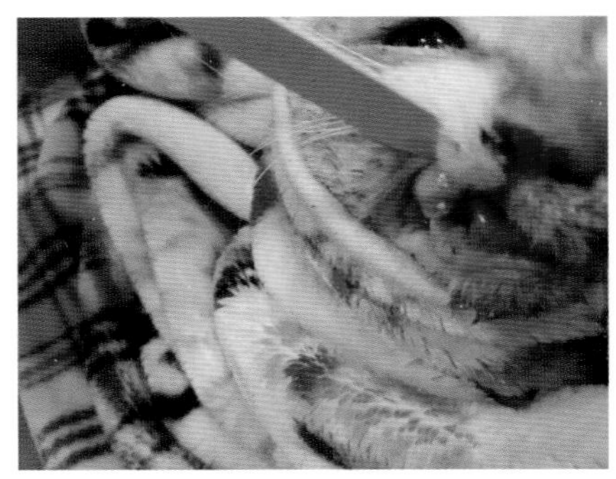
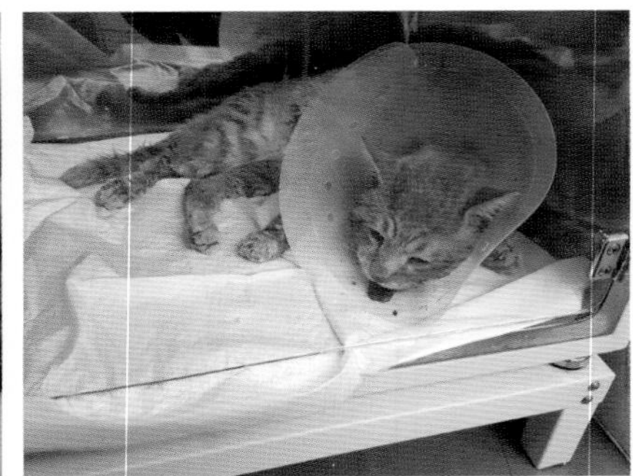

중에서 제일 힘들었다. 출혈도 너무 많아 수술하고 나오자마자 급하게 산소방에 들어가서 처치를 받았다. 회복하는 과정도 다른 아이들보다 배로 힘들었다. 통증이 너무 심했던 모양인지, 진통제를 투여했음에도 입에서 피와 침을 줄줄 흘리며 눈물을 흘렸다. 그런 할배를 볼 때마다 저렇게 피를 흘리는 아이를 방사해야 한다는 사실이 너무나 괴로웠다.

할배를 방사하기 전에 지푸라기라도 잡는 마음으로 임시보호처를 구해 보기로 했다. 하지만 이전에 임시보호처를 구했던 것과는 다르게 굉장히 어려운 조건으로 구할 수밖에 없었다. 무조건 할배가 입양 갈 때까지 할배를 돌봐주실 분. 물품, 병원비 등은 지원해 드리지만 나이 들고 아픈 몸이라 사실상 언제 입양 갈지 기약이 없는 할배가 입양 갈 때까지 무기한으로 돌봐주실 분이 필요했다. 입양 가능성이 낮은 할배가 짧은 기간 임시보호해 주는 곳에 갔다가는 계속해서 입양을 못 가고 임시보호처만 떠돌게 될 것이기에, 그리되면 차라리 안 하니만 못하기에. 그럴 바엔 방사하는 게 나을 수도 있었기 때문에. 당연히 임시보호처는 쉽사리 나오지 않았다. 다들 잠깐만 임시보호를 하는 건 괜찮았지만 기약 없는 입양을 기다리며 그렇게 무기한 임시보호를 하는 건 부담스러워했기 때문이다.

할배가 병원에 입원해 있는 동안 매일 밤 방사를 생각하며 괴로워했는데, 병원에서 조심스럽게 할배는 방사하면 금방 죽을 것 같다고 말을 전해 왔다. 할배는 그냥 구내염이 아니라 전발치해도 낫질 않아서 계속해서 관리하고 약을 먹질 않으면 금방 엉망진창이 되는 고양이 만성구내염(LPGS)이었고(전발치해도 낫지 않는다고 해서 전발치가 필요하지 않은 건 아니었다. 전발치 전후는 엄청난 차이가 있었으니까) 혈액검사 수치도 전부 엉망진창이었고, 나이도 많았기 때문에 할배가 더 이상 길에서 버티기는 힘들 것 같다는 것이었다.

분명 치료만 해 주자고, 나머지는 버티든 버티지 못하든 그것은 할배의 몫이라고 철저하게 선을 그으며 구조를 했는데, 막상 상황이 닥치니 참 미련스럽게도 나는 할배를 외면하지 못했다. 결국 할배를 집으로 들이기로 했다. 당시에는 할배가 오래 살지 못할 것 같았기에 험난한 길이 아닌 집에서 조금이라도 편하게 있다가 가라는 심정이었다.

병원에서 퇴원해 집으로 온 할배는 일주일 내내 죽은 듯이 잠만 잤다. 그동안의 길 생활이 힘들었다는 것을 보여주듯이 정말 일주일 내내 잠만 잤다. 잠만 자는 애를 깨워서 밥을 들이밀면 비몽사몽으로 밥 먹고 다시 자버렸다. 그렇게나 힘들었던 걸까…….

오래 살지 못할 것 같다고, 잠시라도 편하게 있다 가라고 생각했던 것이 무색하게도 할배는 지금도 내 옆에서 잘 지내주고 있다. 비록 나이 들어 기력이 없고 하루 종일 잠만 자지만 그래도 할배는 편안하게 잘 지내고 있다. 구내염은 계속해서 약을 먹고 치료를 하며 관리하고 있다. 이제는 내 새끼가 된 할배가 아프지 말고 편안하게 내 옆에 오래오래 있어 주었으면 좋겠다.

조용히 옆에서 기다릴게, 쁘니

쁘니(여아)

중성화 완료 | 9세 이상 추정

쁘니는 원래 내가 밥을 챙겨 주던 아이가 아니었다. 그냥 길 가다가 우연히 마주친 유기묘였다. 장모종이라 눈에 확 띄었고 한눈에 봐도 길을 잃었거나 버려진 것이 분명했기 때문에 마음이 좋지 않았다.

집에 아이들이 많아져 이제는 구조를 자제하겠노라고 굳게 결심하고 있었던 상태였기에 내가 밥 주는 길고양이들이 아닌 다른 아이들은 신경 쓰지 말자 싶어서 쁘니의 사진을 찍어 혹시 잃어버린 사람이 있는지 인터넷에 올리기만 했다. 혹시

나 잃어버린 사람이 있다면 쁘니가 여기에 있었노라고 제보해 주는 게 최선이라고 생각했다. 그 후 잠시 스쳐지나간 쁘니와의 연을 기억 속에서 잊었다.

그 후로부터 2개월이 지난 어느 날이었다. 쁘니와 내가 단순히 스쳐지나가는 연이라고 여겼는데 그게 아닌 모양이었다. 아무 생각 없이 고양이 커뮤니티 사이트를 뒤적이며 구경하고 있는데 순간 스치듯이 눈에 들어온 동네 이름에 다시 화면을 올려 그 게시물을 클릭해 보았고, 그 게시물에는 바로 쁘니의 사진이 있었다. 너무나 소름 돋는 우연이라고 할 수밖에 없었다.

누군가가 아픈 고양이가 있다며 구조를 요청하며 제보한 그 게시물에서 쁘니는 두 달 전의 멀쩡했던 모습과는 완전히 다르게 엉망진창이 되어 간신히 숨만 쉰 채로 죽음을 기다리는 모습이었다. 장기가 몸 밖으로 튀어나온 채…….

머리를 망치로 크게 맞은 듯 아무 생각도 할 수가 없었다. 불과 두 달 전에는 멀쩡한 모습이었는데, 이런 모습이 아니었는데. 어떻게 하면, 도대체 무슨 일이 있었기에 두 달 만에 이리 엉망이 될 수가 있지? 머릿속이 혼란스러웠고 너무 충격적이었다. 고민할 것도 없이 나는 바로 이동장과 통덫을 챙겨서 쁘니를 보았던 장소로 갔고 쁘니를 제보한 분을 만나 구조 계획을 세웠다.

밤늦게까지 쁘니를 찾기 위해 통덫을 들고 수색을 했지만 아쉽게도 그날은 만날 수가 없었다. 장기가 튀어나온 지 이미 오래된 상

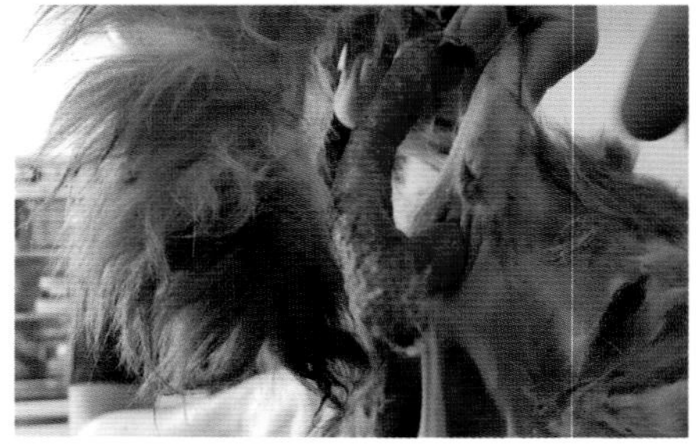

태로 보였다는 제보자분 말에 마음이 급했다. 방치되는 시간이 길어지면 길어질수록 괴사되고 상태가 안 좋아질 것이 뻔했다.

다음 날 아침이 되자마자 지인에게 도움을 청해서 통덫을 더 구해와서 다시 한 번 구조 계획을 짰다. 다행히 쁘니는 나타났지만 사람에게 경계심이 너무 심한 상태였기 때문에 쉽사리 잡혀 주지 않았다. 통덫도 이동장도 경계해서 멀리서 지켜보면서 발만 동동 굴렀다. 잡혀 줘야 할 텐데, 이대로 잡혀 주지 않으면 진짜 구조가 힘들어지고 더 늦어지면 살리지 못할 수도 있는데…….

한참 실랑이 끝에 통덫을 피해 다니던 쁘니가 우연히 이동장이 있는 쪽으로 다가왔고 나는 그때다 싶어 이동장 안에 캔을 넣어두고 쁘니가 들어가길 기다렸다. 다행히 쁘니는 통덫보다는 이동장이 덜 무서웠는지 이동장에 살짝 들어가 주었고 재빠르게 문을 닫아 버렸다. 겨우 포획에 성공해 병원으로 바로 이동했는데, 병원에서 충격적인 사실을 듣고 다시 한 번 놀랐다.

탈장이라고 생각했었는데 단순 탈장이 아니었다. 몸 밖으로 튀어나와 있던 장기의 정체는 바로 자궁이었다. 질 탈장으로 튀어나온지 오래된 자궁은 이미 괴사가 진행 중이라고 했다. 쁘니의 몸 상태는 뼈밖에 남아 있지 않을 정도로 좋지 않았지만 무리해서라도 응급 수술을 진행할 수밖에 없었다. 다행히 쁘니는 그 몸으로 큰 수술을 잘 이겨내 주었다.

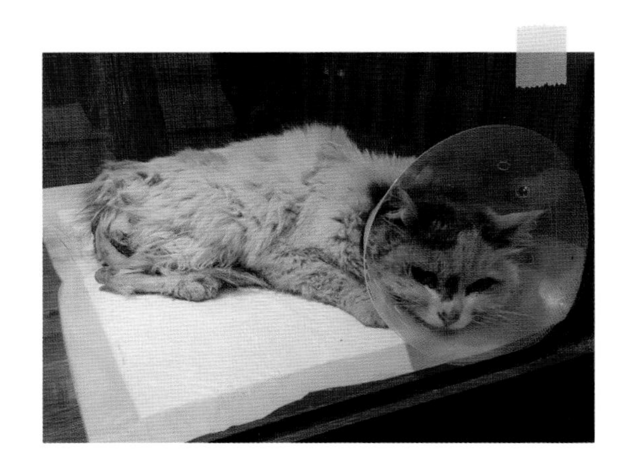

뻐니는 사람에게 버려지고, 또 험난한 길 생활을 했다. 무슨 일이 있었던 것인지는 모르지만 분명 좋지 않은 일이 생겨 자궁이 튀어나오게 된 것이겠지. 이 모든 것이 큰 상처였는지 쁘니는 쉽사리 사람에게 마음을 열지 못했다. 참 예쁘게 생긴 아이라 치료가 끝나면 입양을 보내려고 했지만 여전히 사람을 경계했고, 사람에게 마음을 여는 대신 비슷한 시기에 구조되었던 할배에게 마음을 열었다.

쁘니에게 또다시 상처를 줄 수가 없어서, 무엇보다 쁘니에게서 할배를 떼어 놓을 수가 없어서 나는 두 손 두 발 들 수밖에 없었다. 구조된 지 2년이 훌쩍 넘었지만 쁘니는 여전히 내가 만질 수가 없다. 물론 처음보단 많이 여유도 생기고 훨씬 덜 경계하지만 말이다.

아직도 마음 한구석에 남은 오래된 상처가 아픈 것일 테다. 나는 쁘니를 그냥 조용히 기다릴 뿐이다. 언젠가 그 오래된 상처가 더 이상 아프지 않을 때까지.

천천히
집고양이가 되는 중,
애옹이

애옹이(남아)
중성화 완료 | 7세 이상 추정

애옹이는 집 밑에 있는 주차장에서 밥을 챙겨 주던 길고양이었다. 이사 온 날부터 주차장에서 살고 있던 애옹이를 만나 밥을 한번 챙겨 주었고, 자꾸 눈에 띄어서 결국 계속 밥을 챙겨 주게 된 길고양이였다. 애옹이가 유기묘인지 길고양이인지는 아직도 잘 모르겠지만 마음 한편으로는 원래는 주인이 있었던 아이 같다고 생각했다.

애옹이는 중성화가 되었음에도 불구하고 TNR 표식이 없었다. 보통 길고양이들을 중성화시키면 다들 중성화 표식을 해 두는데 없는 걸 보고 누군가 키우다 버렸거나, 집을 나오게 된 것이 아닐까 싶었다.

애옹이는 참 특이하게도 한쪽 귀가 마치 스코티시폴드 고양이처럼 접혀 있었다. 처음엔 단순히 폴드 믹스묘인가 생각을 했었는데 그냥 후천적으로 그리된 것 같다. 길고양이들은 싸움으로 상처가 생기거나 귓병이 치료받지 못하고 방치되어 저리되는 경우가 생각보다 제법 있으니까.

애옹이에겐 주차장에서 같이 살고 있는 친구 고양이가 하나 있었다. 그 아이의 이름은 건강이었다. 애옹이랑 건강이는 원래 만나기만 하면 주차장이 떠나가라 싸우던 사이였는데 아이러니하게도 건강이 TNR 후 갑자기 둘이 절친이 되었다. 무슨 심경에 변화라도 있는 것일까.

주차장에는 작은 창고가 하나 있었는데 둘이서 같이 잠도 자고 하는 보금자리였다. 이따금씩 다른 고양이가 찾아오거나 하면 둘이

서 힘을 합쳐서 싸워서 내쫓고는 하였다. 언제는 둘이서 잡아먹질 못해 안달이더니 같이 사이좋게 지내는 모습을 보니 어이없어 웃음만 나오면서도 보기가 참 좋았다. 아무래도 둘이 집 바로 밑에 있다 보니 하루에도 여러 번 마주칠 때마다 밥이나 간식을 챙겨 주게 되었는데 그러다 보니 둘이 똑같이 제법 통통하게 살이 찌기도 했다. 길냥인데도 불구하고 다이어트를 시켜야 하나 생각이 들 만큼.

그렇게 둘이서 의지하면서 잘 사는 듯했는데, 행복은 오래가지 못했다. 내가 중성화를 시켜서 싸움을 줄이고, 밥을 챙겨 주며 쓰레기봉투를 뜯지 못하게 하고, 열심히 주차장을 청소해도 안 좋게 보는 사람들이 있었다. 그저 밥 한 끼 챙겨 주는 건데, 다 같이 먹고 살자는 건데 뭐가 그리들 마음에 들지 않는 건지……. 애옹이와 건강이가 주차장에서 밥을 먹는 것이 언짢았던 옆집의 할아버지께서 애옹이와 건강이 밥을 주고 있던 나를 발견하고서는 갑자기 삿대질을 하며 버럭 소리를 질렀다.

고양이 밥 주면 내가 그 고양이들 다 죽여 버리겠노라고, 눈에 핏발이 선 채 소리 지르던 할아버지의 모습에 너무 놀라 아무런 말도 하지 못했다. 고양이들이 화분에 똥을 싼다며 버럭 화를 내던 할아버지에게 앞으로 내가 다 치우겠다며 조곤조곤 설명을 했다. 그렇게 잘 넘어가는 줄 알았다.

꼭두새벽부터 비가 억수같이 쏟아지던 날이었다. 원래 아침마다 끼니를 챙겨 주러 주차장으로 갔는데 그날은 비 때문에 조금 늦게 나왔다. 그런데…… 밥그릇 앞에 비에 잔뜩 젖어 버린 건강이가 싸늘하게 식어 있었다. 밥그릇은 엉망진창으로 헤집어져 있었다. 쥐약으로 추정되는 이상한 가루들이 있었고 심증뿐이지만 할아버지의 소행으로 생각할 수밖에 없었다.

왜, 도대체 왜……. 내가 깨끗하게 청소한다고 했는데. 중성화도 시켜서 싸우지도 않고, 쓰레기봉투도 안 뜯고 조용히 살고 있는 애를 도대체 왜. 그까짓 화분에 똥 싸는 거? 내가 매일 치운다고 그렇게 설명을 드렸는데 왜 이런 끔찍한 짓을. 얘들이 뭘 잘못했다고. 원해서 이렇게 길에서 사는 것도 아닌데, 사람이 먹고살려고 하듯이 똑같이 얘네도 먹고살려고 하는 게 뭐가 나빠서?

싸늘하게 식어 버린 건강이를 보자마자 주저앉아서 오열했다.

내가 돌보던 고양이가 바로 어제만 해도, 비 오기 전 새벽에만 해도 멀쩡하던 아이가 이렇게 끔찍하게 죽어 버렸다는 것이 내 탓인 것만 같았고 그 할아버지가 미친 듯이 원망스러웠다. 그때 주차장 한쪽에 비스듬하게 세워 두었던 널빤지 뒤에서 애옹이가 덜덜 몸을 떨면서 조심스럽게 나를 불렀다.

울음소리에 놀라 고개를 드니 애옹이가 온몸을 사시나무 떨듯이 떨면서 널빤지 속에서 고개만 빼꼼 내밀고 있었다. 애옹이는 다행스럽게도 밥을 먹지 않은 듯했으나 건강이가 죽어 간 모습을 전부 지켜봤는지 비정상적으로 몸을 떨고 있었다. 애옹이마저 여기에 계속 있으면 죽임을 당할 수도 있겠다는 생각에 집에서 바로 이동장을 가져와 병원으로 데려갔다.

아무리 내가 계속 챙겨왔고 외관상 이상이 없던 아이라 해도 기본 검진은 필수로 해야 했기 때문에 바로 기본 검진을 하고 바이러스 잠복기 동안 호텔링을 시켜 놓았다. 정신없이 애옹이를 병원에 맡겨 두고 다시 돌아와 주차장에 그대로 있던 건강이를 박스에 넣어서 옮겨 놓고 밥그릇도 물그릇도 전부 싹 치워 버렸다. 애옹이, 건강이가 아니더라도 또 다른 피해 고양이가 발생하면 안 되니까.

건강이는 집 뒤에 있는 산에 묻어 주었다. 나는 건강이에게 미안하다는 말밖에 할 수가 없었다. 내가 밥을 주지 않았더라면, 이런 일이 생기지도 않았을 텐데 하는 생각을 떨쳐 낼 수가 없었다. 왜 사람들은 그저 눈에 거슬린다는 이유로 너희들을 싫어하고 심지어 이렇게 죽이기까지 하는 걸까.

사실 구조를 여러 번 했어도 이런 식으로 아이를 잃은 건 처음이라 대처가 미흡해서 결국 그 할아버지는 아무런 조치도 받지 않았다. 동물이라는 이유로 제대로 조사가 이루어지지 않았고, 증거가 부족해서 아무런 조치도 없었다. 그저 동네에 구청에서 나누어 준 독극물 살포 금지 전단지가 붙었고, 며칠이 지나자 그 전단지마저도 소리소문 없이 사라졌다. 너무나 씁쓸한 결말이었다.

애옹이는 다행히 잠복기 호텔링을 무사히 마치고 집에 들어오게 되었다. 하지만 애옹이는 자신에게 닥친 상황을 이해하지 못했다. 너무나 갑작스럽게 벌어진 일들이었기에 그럴 만도 했다. 애옹이는 집 안에서의 생활을 쉽게 받아들이지 못했다. 길에서의 생활을, 건강이를 그리워했다. 하지만 나는 애옹이를 내보내 줄 수가 없었다.

시간이 약이라고, 시간이 지나 그저 애옹이가 무뎌지길 기다리고 또 기다렸다. 애옹이가 구조된 지 2년이란 시간이 지나고, 그제야 애옹이는 조금씩 집 안에서의 생활을 받아들이기 시작했다. 다른 고양이들이 다가오는 것을 받아들이지 않던 애옹이가 이제 다른 아이들과도 교류하기 시작했다. 마음을 정리하고 이제 집고양이 생활을 받아들여 주는 애옹이에게 그저 고마울 뿐이다.

가끔씩 건강이 생각이 문득문득 날 때가 있다. 건강이도 함께였다면 얼마나 좋았을까.

아픈 손가락,
무적의 기적이

기적이(여아)
중성화 완료 | 2세
분홍방 멤버

기적이는 시 보호소에서 구조해 온 아이다. 사실 기적이 구조에는 어느 정도 충동적인 면이 있었다. 구조 역시 신중해야 했음에도 내가 기적이를 충동적으로 구조한 것은 어떻게 보면 죄책감 때문이라고 말할 수 있겠다. 기적이를 구조하기 전에 내가 외면한 아이에 대한 죄책감.

우연히 시 보호소 공고 사진들을 둘러보다가 보게 된 아이가 있었다. 교통사고를 당한 듯, 정말 당장 죽지 않는 게 이상할 정도로 심각한 상태로 보호소에 들어온 아이였다. 두 눈은 전부 돌출되었고, 털은 산산조각 나 있고 다리도 성치 않은 상태였다. 당시 나는 이 아이를 정말 진심으로 구조하고 싶었지만 도저히 엄두가 나질 않아서 쉽사리 나서지 못했다. 대충 사진으로만 상담을 받아도 병원비가 천만 원이 훌쩍 넘었고, 무엇보다 살린다고 한들 아이는 평생 장애와 후유증이 엄청날 것이었다. 그런 아이를 입양 보낸다는 건 거의 불가능에 가깝다고 봐야 했고, 나는 그 아이를 평생 보호할 것까지 생각해야만 했다.

그렇게 많은 병원비를 감당할 자신도 없었고, 어떻게 살린다고 한들 집에 다른 아이들도 많은데 어떻게 키워야 할지 도저히 자신이 없었다. 그래서 결국 우물쭈물 고민만 하다가 마음을 접었고, 아이는 결국 보호소에서 자연사하게 되었다. 그 아이가 그렇게 맘 한구석에 죄책감으로 남아 있었다. 구조해 주지 못해서, 손을 내밀어 주지 못해서 너무 미안했다.

그렇게 맘 한구석에 숨겨둔 죄책감이 날 충동적으로 만든 것이었다. 그 아이가 자연사했다는 공고가 뜨고 며칠 지나지 않아서 기적이의 사진이 올라왔다. 비록 그 아이만큼 처참한 피투성이는 아니었지만, 그 아이처럼 눈이 돌출되어 있는 모습을 보자 도저히 참을 수가 없었다. 거기다가 기적이는 그 아이처럼 성묘도 아니었고, 이제 갓 생후 두 달이 되었을까 싶은 너무나 어린 새끼 고양이였다.

그 아이를 구조하지 못한 죄책감이 충동적으로 내 몸을 일으키게 만들었고, 또 구조하러 가기 전 인터넷에 혹시 치료해 주면 키우실 분이 있느냐고 올린 글에 어떤 분께서 자기가 키우겠노라고 손을 내밀어 주셨기에 나는 더더욱 서둘러서 기적이를 구조했다.

기적이를 만나러 간 날, 기적이는 내가 생각했던 것보다 더더욱 작은 새끼 고양이였다. 기적이를 보호소에서 구조해 오며 바로 내가 다니는 병원으로 옮겼다. 눈은 이미 실명한 상태로 되살릴 수가 없었고, 적출이 필요한 상태였다. 하지만 문제는 기적이가 너무 어린 새끼 고양이라는 점이었다.

과연 그 큰 수술을 이겨 낼 수 있을지, 우려가 더 큰 상황이었기 때문에 기적이가 조금 더 클 때까지 수술을 보류하고자 했으나 아무

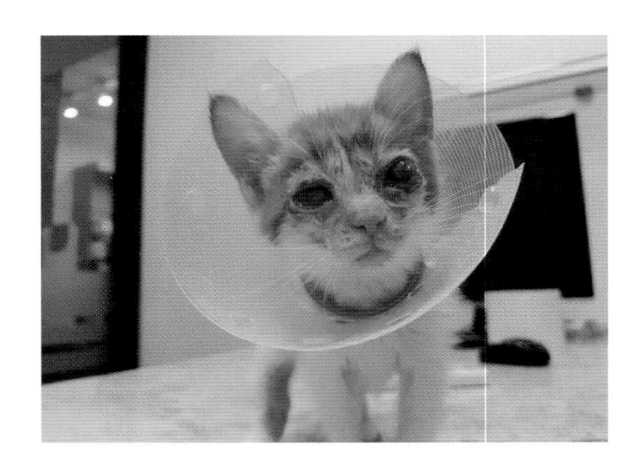

리 처치를 계속 하고 있어도 통증이 어마어마했던 모양인지 기적이는 영 기력이 없고 잘 먹지를 못했다. 거기다 안약을 넣어주고 소독을 할 때마다 비명을 지르며 자지러지기까지 했다.

도저히 그 모습을 볼 수가 없어서 결국은 도박을 하기로 했다. 아직 어린 새끼 고양이지만 이렇게 힘들어하는 상태로 내버려 두는 것도 못할 짓 같았기에 수술을 강행하기로 한 것이다. 다행스럽게도 기적이는 안구적출 수술을 잘 이겨내 주었다. 무사히 두 눈은 잘 아물었고 별탈 없이 퇴원하여 구조하기 전부터 정해져 있던 입양처로 이동하게 되었다.

그렇게 기적이는 해피엔딩으로 끝난 줄 알았다. 그냥 이렇게 끝나기를 바랐건만 원망스럽게도 해피엔딩으로 끝나지 않았다. 입양가서 적응하며 잘 살고 있는 듯했던 기적이가 갑작스럽게 고열이 펄펄 끓으며 쓰러졌다는 소식이었다. 기적이는 급하게 다시 병원으로 옮겨졌다.

처음 발작이 시작되었을 때는 굉장히 심각한 상태였다. 이유를 알 수 없는 발작이 시도 때도 없이 계속되던 상황이었고 당장 MRI 같은 건 해 볼 수도 없는 상태라 이유도 정확히 모른 채 구조 당시 돌출되었던 눈을 통해 무언가 감염이 있었고 그로 인한 뇌 손상이 있거나 특발성 뇌전증 같은 것이 아닐까 추측할 수밖에 없었다.

발작이 도저히 멈추질 않아 약으로 아예 재워 버리기를 수도 없이 반복했다. 약물로 재워 놓고 산소 마스크를 쓴 채 의식이 없는 그 작은 몸을 앞에 두고 도저히 병원을 떠날 수가 없어 하루 종일 기적이 앞에 앉아 펑펑 많이도 울었던 것 같다. 이러려고 구조한 게 아닌데, 이렇게 아프라고 구조한 게 아닌데……. 신이 있다면 왜 이 작은 아이에게 이리도 큰 시련을 주는 건지.

다행히 기적이는 발작이 조금씩 잡히기 시작했다. 시도 때도 없이 반복되던 발작이 조금씩 멈추는 시간이 생기기 시작했고, 마비된 듯 움직이질 못하던 목 아래 몸도 조금씩 다시 움직이기 시작했다. 하지만 기적이는 평생 약을 먹으면서 발작과 싸워야 했다.

입양자님은 평생을 발작과 싸우며 관리할 자신이 없다 하셨고, 결국 서로의 동의 하에 파양 절차를 밟을 수밖에 없었다. 기적이는 내 품으로 다시 돌아왔다. 그렇게 기적이는 내 새끼가 되었다. 기적이는 지금도 계속해서 약을 먹고 있다. 독한 약을 오랫동안 먹다 보니 그 부작용으로 피부가 많이 망가진 상태지만 그럼에도 불구하고 약을 끊을 수가 없다. 약 시간이 조금만 늦어져도 발작이 일어나 부작용을 감수하고서라도 약을 먹일 수밖에 없다.

기적이는 내 가장 아픈 손가락이자 우리 집 막내가 되었다. 비록 가장 많이 날 힘들게 하고, 손이 많이 가는 아이지만 그만큼 나에게는 가장 소중한 아이가 되었다. 부디 아프지만 말길, 그 외에는 아무것도 바라지 않는다. 사랑하는 내 막내, 기적이.

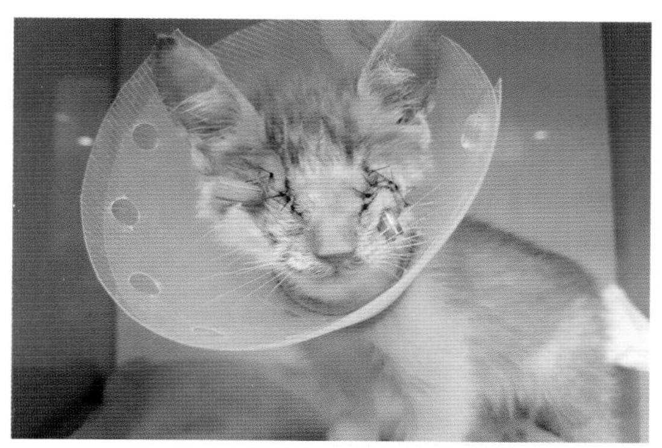

22똥괭이네,

조금씩 천천히

행복해지는 중

2부

똥괭이네 일상다반사

등장 동물 관계도

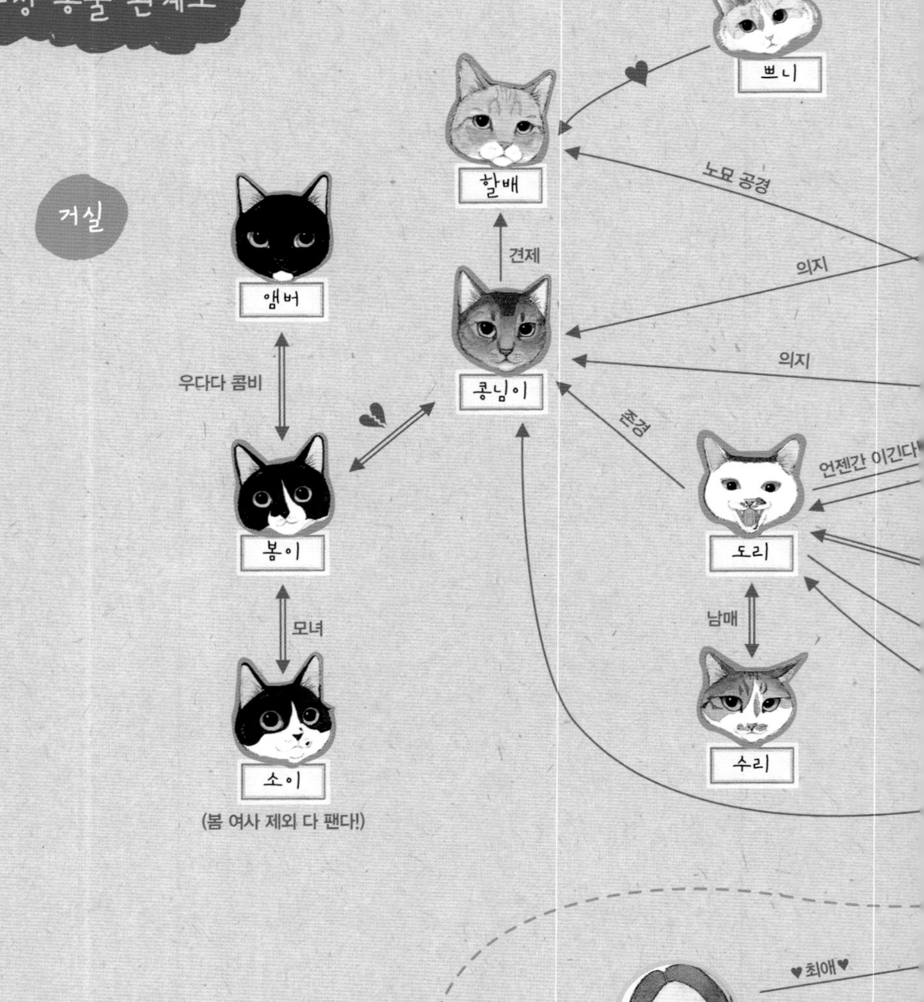
거실
쁘니
할배
노묘 공경
견제
앰버
콩님이
의지
의지
우다다 콤비
존경
언젠간 이긴다
봄이
도리
모녀
남매
소이
수리
(봄 여사 제외 다 팬다!)

분홍방
♥최애♥
집사

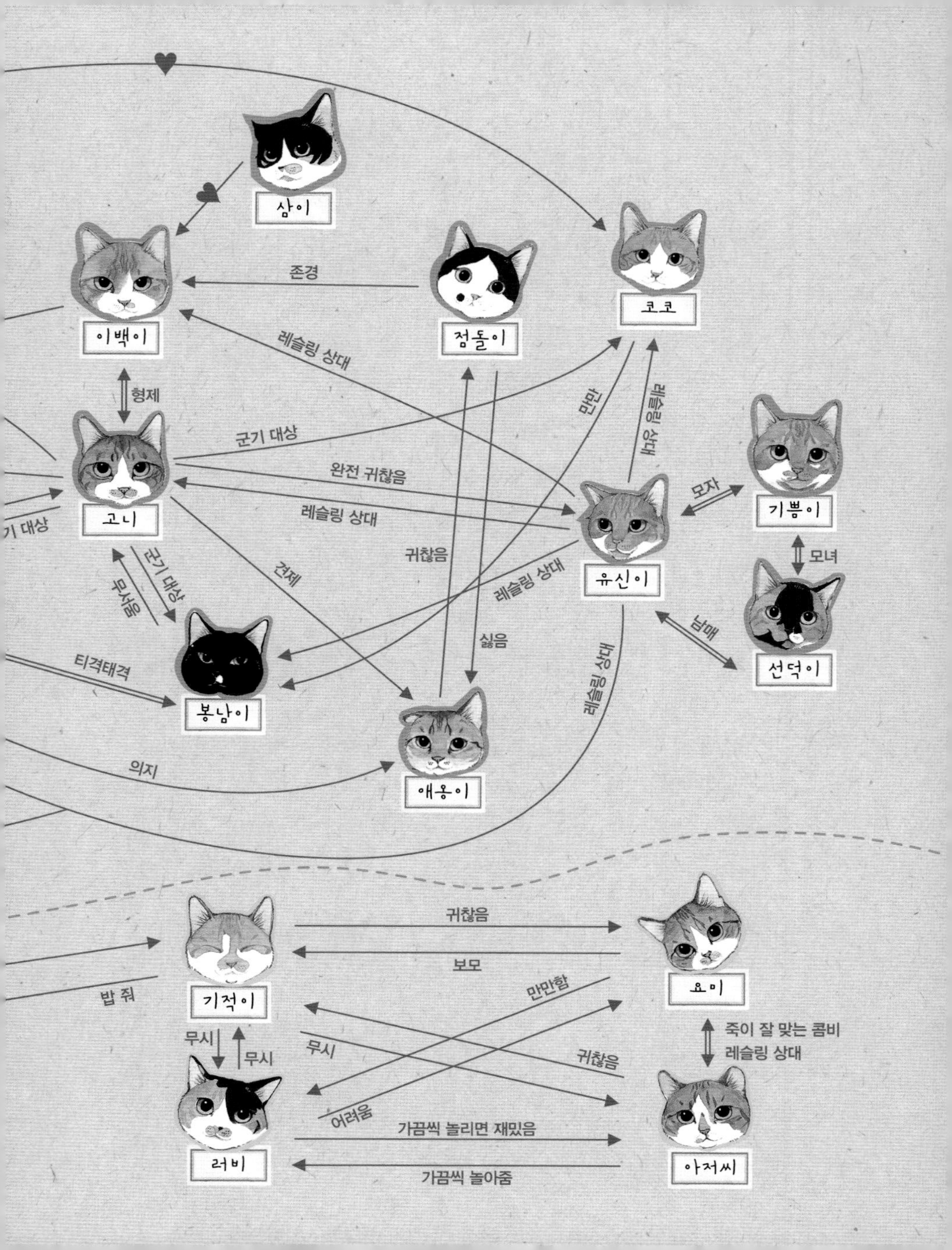

삼이
이백이
존경
점돌이
코코
레슬링 상대
형제
군기 대상
귀찮음
레슬링 상대
완전 귀찮음
레슬링 상대
고니
모자
기쁨이
기 대상
귀찮음
유신이
모녀
무서움
군기 대상
견제
레슬링 상대
남매
선덕이
싫음
레슬링 상대
티격태격
봉남이
의지
애옹이
귀찮음
보모
요미
밥 줘
기적이
만만함
죽이 잘 맞는 콤비
레슬링 상대
무시
무시
무시
귀찮음
어려움
가끔씩 놀리면 재밌음
러비
아저씨
가끔씩 놀아줌

막내와 보모냥이

기적이는 2~3개월 때 우리 집에 왔다. 아주 아기 때부터 함께 생활해서인지 기적이를 특별히 아끼는 고양이도 있다. 바로 요미다. 다른 애들에게는 전혀 그런 적이 없었는데, 유별나게 기적이를 살뜰히 보살피며 챙긴다. 아주 훌륭한 보모다. 이제 기적이도 두 살이니 조용해져 요미가 덜 나서지만 더 어릴 때에는 요미가 참 분주하게 기적이를 따라다니며 보살폈다.

아무래도 뇌전증과 싸우는 모습을 계속 보니 기적이를 너무 오냐오냐 키우게 됐다. 그 때문인지 제법 성깔 있는 고양이로 성장을 했는데, 그럴 때마다 요미가 훈육을 도맡아 했다. 기적이가 심하게 물어뜯으려 하거나 선을 넘게 행동하면 요미가 딱 깔아뭉갰다. 마치 어미가 새끼를 가르치듯이. 한참을 깔고 있다 풀어 줄 때는 그루밍을 해 준다. 채찍과 당근을 골고루 섞어 쓰는 듯했다. 어쩌면 나보다 더 나을 수도?

#격렬한_훈육의_현장 #살뜰하다가_엄격하다가 #마무리는_훈훈하게

어리광쟁이 어르신

할배는 구조될 때부터 구내염 때문에 정말 많이 아픈 상태였다. 구조 후 전발치를 해서 많이 덜해졌지만 지금도 힘들어해서 약을 먹어야 한다. 할배에게는 그게 참 고된지 약 먹고 난 후 힘이 들 때마다 내 품에 기대어 한숨 돌리곤 한다. 그때마다 울컥한 마음에 마주 안는다. 힘내자. 예쁜 내 새끼.

#어르신의_작은_어리광 #힘들었다고_기대오면_안아주었다

삼이의 짝사랑

삼이는 이백이를 짝사랑한다. 사실 이백이는 남녀노소 누구에게나 인기가 많은데, 집사의 면밀한 관찰 결과 그 비결은 아무래도 자상한 성격인 것 같다. 평화주의자 이백이는 모든 아이들에게 자상하고 이유 없이 애들을 괴롭히거나 힘을 쓰지 않는다. 그리고 삼이는 특히 그런 이백이를 좋아한다.

예전에 이백이가 하루이틀 입원한 적이 있었다. 퇴원 후 집에 돌아온 이백이가 "냐아앙!" 하고 울면서 이동장을 나왔고 그 소리를 듣자마자 방 안 캣타워에서 잠을 자던 삼이가 뛰쳐나와 이백이를 반겼다. 버선발로 뛰어나와 반겼다는 말은 이럴 때 쓰는 거구나 싶었다. 사실 나랑은 그렇게까지 친하지 않기 때문에 그런 삼이의 모습이 어이가 없으면서도 한편으로는 신기했다.

가끔씩 이백이가 분홍방 앞에서 울면 들어와서 놀라고 들여보내 준다. 그럴 때마다 귀신같이 눈치챈 삼이는 분홍방 앞에 와서 이백이를 내놓으라며 시위한다. 평소에는 분홍방 앞에는 얼씬도 안 하는 앤데…….

조금만 관찰하고 있으면 삼이가 이백이를 좋아하는 게 빤히 보일 정도다. 그런데 정작 이백이는 아무 생각이 없다는 게 함정!

#삼이는_이백이_껌딱지라는_게_학계의_정설

하아암

#하품시리즈 #기적이편

치즈 반상회

우리 집에는 여섯 치즈 고양이가 있다. 이백이, 코코, 기쁨이, 유신이, 할배, 기적이! 분홍방에 있는 기적이를 제외하고 다섯 치즈들은 무슨 동호회라도 있는지 종종 같이 모여 있다. 무슨 애기를 하려고 모인 걸까?

#제246회_치즈_반상회 #오늘의_안건은?

어여쁜 아저씨

아저씨를 길에서 처음 만났을 때는 그야말로 동네 아저씨 같은 인상이었다. 표정도, 목소리도, 덩치도. 그래서 이름도 아저씨가 되었다. 그런데 집고양이가 되면서 180도 바뀌었다. 길고양이 시절 때는 험난했던 삶이 표정에 다 드러나서 그렇게 아저씨 같았는지, 집고양이가 된 지금은 천상 어여쁜 고양이가 따로 없다. 이름이랑 하나도 안 어울릴 정도로!

그래도 아저씨란 이름을 포기 못하는 건 이미 이 이름에 정이 듬뿍 들어버려서다. 길고양이 시절부터 지금까지 몇 년을 불러 온 이름이다 보니 이제는 쉽사리 바꿀 수 없게 됐다. 물론 아저씨도 자기 이름을 너무나 귀신같이 잘 알아듣고 말이다.

우리 집에는
흑곰이 산다

봉남이는 턱시도 코트를 가진 코숏 고양이인데, 무늬가 희한하게도 흑곰을 닮았다. 장난감을 공중에 흔들면 잡으려고 하는데 탄탄한 뒷다리 덕분인지 두 발로 제법 잘 서 있다. 이때 특히 흑곰 같다.

성격도 어리버리해서 곰탱이 같은 매력의 우리 봉남이. 성격도 하는 짓도, 생긴 것도 어리버리한 흑곰. 코 밑에는 흰색 점 무늬가 있는데 콧물처럼 보여 약간 빙구 같은 매력도 있다. 덩치도 제법 크고 힘도 센 봉남이지만 어리버리한 성격 때문에 동네북 신세. 소이가 만만하게 보는 대상 중 하나다.

#크와앙 #직립_곰이다옹

숙련된 침 맞기 조교

점돌이는 허리가 좋지 않다. 뒷다리 보행이 정상적이지 않다 보니 자연스레 척추에 무리가 많이 갔고, 이제는 척추 중간 부분을 만지면 크게 움찔할 정도로 통증을 느낀다. 그런 점돌이를 위해서 침 치료를 시작했다. 겁이 많아 병원에 가는 이동 과정에서 스트레스를 너무 많이 받아서 지금은 잠시 쉬고 있지만 막상 도착해서 침 맞을 때는 정말 잘 맞는다며 얼마나 칭찬을 들었는지 모른다.

보통 강아지들도 가만히 있기가 힘든데, 하물며 고양이는 더 가만히 있지 않아 침 치료를 시도도 못 하는 고양이들이 많다고 한다. 점돌이는 척추에 침을 놓는 것이 시원한 걸까? 난리를 치다가도 침을 놓기 시작하면 꼼짝도 않고 가만히 있었다. 심지어 침을 맞고 있는 상태로 침까지 흘리며 잔 적도 있었다. 나중에는 뜸까지 뜰 정도로 숙련된 모습을 보여 줘 또 한 번 감탄했다.

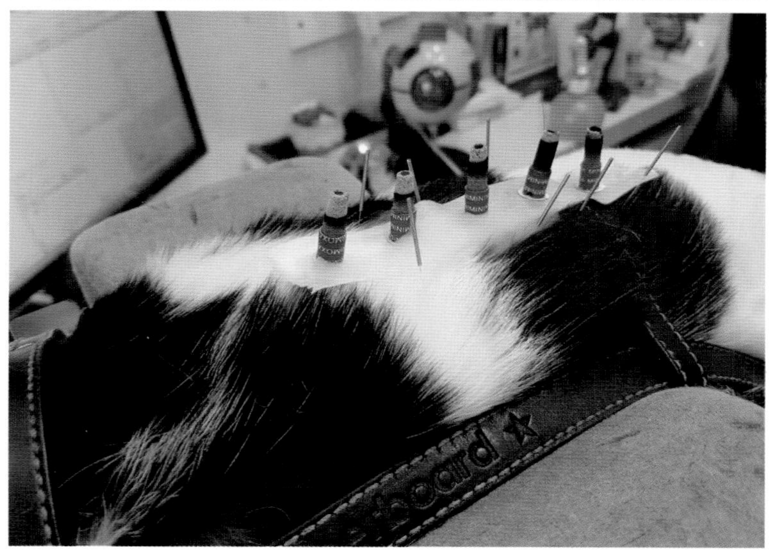

콩님이 작명 비하인드

콩님이는 내가 처음으로 구조한 고양이다. 하지만 아파서 구조된 아이들이 많은 만큼 아무래도 환묘들에게 더 신경 쓰고 손이 가다 보니 첫째임에도 불구하고 그에 걸맞는 대우는 못 받고 있는 것이 현실이다.

사실 길에서 밥을 챙겨 줄 때 불렀던 이름은 '이비'였다. 아비시니아고양이 종의 피가 흐르는 것 같았는데 당시에는 아비시니안을 이비시니안으로 잘못 알고 있어서 그 앞글자를 따서 '이비'라고 부르고 있었다. 구조한 이후에 이름을 바꿔주기로 마음을 먹고 무슨 이름으로 할지 고민하다가 콩자반을 먹고 있어서 콩이라 부르기로 했다. 거기에 첫째 고양이니만큼 특별히 '님'자를 붙여 주기로 했다. 그렇게 콩이는 콩님이가 되었다.

나의 첫째 고양이, 콩님이!

한때는 기적이도

기적이는 뇌전증을 앓고 있고 그로 인해 아주 어릴 적부터 발작 약을 먹어 왔다. 그리고 오랜 발작 약 복용의 부작용으로 피부가 서서히 망가져 갔고, 지금은 온몸에 다 퍼진 상태다. 약을 조금이라도 줄이려고 여러 번 시도를 해 보았지만 그때마다 도리어 발작이 심해져 약 용량만 늘리게 되어 버렸다. 그 후로는 마음을 내려놓고 이대로 발작만이라도 누르고 있는 거에 감사하자 싶어서 용량 조절을 포기하고 있지만, 가끔씩 기적이 어릴 적 사진을 보고 있으면 너무 예쁘면서도 한편으론 속상한 마음이 든다.

그렇다고 해서 지금의 기적이가 예쁘지 않다는 건 아니다. 비록 사람들의 눈에는 어떻게 보일지 몰라도 내 눈에는 그저 한없이 예쁜 내 새끼, 사랑하는 내 새끼일 뿐이다.

내 새끼도 한때는 참 예쁜 털이 있었다.

#우리_예쁜_치즈냥이 #무적의_기적이

꼬물꼬물 꼬물이

선덕이와 유신이는 기쁨이가 만삭일 때 구조되어서 출산한 아이들이라, 유일하게 꼬물이 시절 사진이 많다. 가끔 그 모습이 그리워 한 번씩 들여다보곤 하는데 천사 같은 모습에 나도 모르게 헤벌쭉거리며 웃게 된다.

요 작은 꼬물이들 키우면서 정말 다사다난했다. 당시에는 너무 힘들었지만 지나고 보니 추억이다. 아픈 적도 많아서 한 손으로 안아 들고 정신없이 울고불고 병원으로 뛰었던 날들이 엊그제 같은데 정말 잘 커 주었다. 예쁜 것들!

#선덕이와_유신이 #덕신_남매 #꼬물이_시절 #애기애기

#떠나자_모험의_세계로

#으앙_무서워_후퇴!!

만년 캣초딩 남매의 반전

선덕이와 유신이는 우리 집에서 유일하게 길 생활의 경험이 없다. 그래서 그런 걸까, 유난히 다른 애들에 비해서 천방지축이고 사고도 많이 쳤다. 나이를 먹어서도 여전해 오죽하면 만년 캣초딩 남매라고 부를까.

이런 남매에게도 의외의 반전이 있다. 낯선 사람들이 오면 꽁꽁 숨을 정도로 겁이 많다. 나온다고 해도 아주 많은 시간이 지나야 겨우 나와 본다. 낯선 사람이 와도 마냥 좋다고 뛰어다닐 것 같은데, 역시 고양이는 알다가도 모르겠다.

#모르는_사람이_오면 #숨숨모드

삼엄

#쁘니는_지금_경계_중

#집사_경계_중

쪼꼬미는 엄마가 좋아

쪼꼬미 소이는 우리 집의 작은 폭군이다. 제멋대로인 성격에 까칠함까지 있는지라 몸집이 작아도 특유의 까칠함과 깡으로 여기저기 솜방망이를 날리고 다닌다. 워낙 그 기세가 쎄서 우리 집 대장인 고니도 소이에게는 맞고 사는 편이다(고니가 봐주는 것 같다).

그런 까칠함의 대명사인 우리 소이가 유일하게 까칠하지 않은 고양이가 하나 있으니, 바로 봄 여사다! 어미인 봄 여사에게는 얼굴을 부비며 애정을 갈구한다. 소이가 새끼일 땐 살뜰히 보살피다가 다 크고 나서는 크게 신경 써서 돌보지는 않지만 소이가 애정을 갈구할 때는 봄 여사도 마지못해 받아 주는 척 정성스레 그루밍을 해 준다.

사람이나 동물이나 아무리 나이를 먹어도 엄마가 좋은 건 마찬가지인가 보다.

#뚝_닮은_턱시도_모녀 #소이는_엄마가_좋아

애틋한 남매 사이

우리 집에는 은근히 혈연 관계인 아이들이 많다. 고니와 이백이 형제, 봄이와 소이 모녀, 기쁨이와 기쁨이 자식인 선덕이와 유신이. 그리고 도리와 수리, 일명 도수리 남매.

도리 수리 남매는 어미에게서 독립하고 그 무서운 길 생활을 서로에게 의지하며 지내와서 그런지 유별나게 더욱 애틋하다. 이제 집에 친한 고양이들이 많음에도 불구하고 여전히 서로에게 의지하며 같이 먹고 잔다. 물론 투닥거릴 때도 있다. 하지만 아무리 치고받아도 결국에는 서로가 서로를 찾아 꼭 붙어서 자는 모습을 보면 가슴이 뭉클하다. 도수리가 함께여서 다행이다.

#언제나_함께_도수리

#꼬리가_똑같네

#도리

#수리

고등어 콤비

분홍방에 있는 요미와 아저씨는 고등어태비 무늬를 가졌다. 거기다 둘이 은근히 절친이라는 사실! 분홍방에서 같이 지내고, 같은 겁쟁이들이다 보니 자연스레 통한 걸까. 유난히 둘이서 조금 더 친한 것 같다. 같은 분홍방 멤버라도 러비는 약간 마이웨이인 편이라 혼자 있는 편이고 요미와 기적이는 보호자와 아이 관계라서, 동등하게 친하다고 느껴지는 건 요미와 아저씨뿐이다. 마침 둘이 같은 고등어태비 고양이기도 하고, 덩치도 비슷해서 더 콤비 같은 느낌이 든달까.

거실에서 다른 애들이 조금만 덤벼들어도, 유신이가 레슬링을 걸어도 엄청 싫어하면서 요미와 아저씨 둘이서는 은근히 레슬링 놀이를 즐긴다. 덩치 큰 둘이서 엎치락덮치락할 때 제법 우당탕탕 하는 큰 소리도 난다.

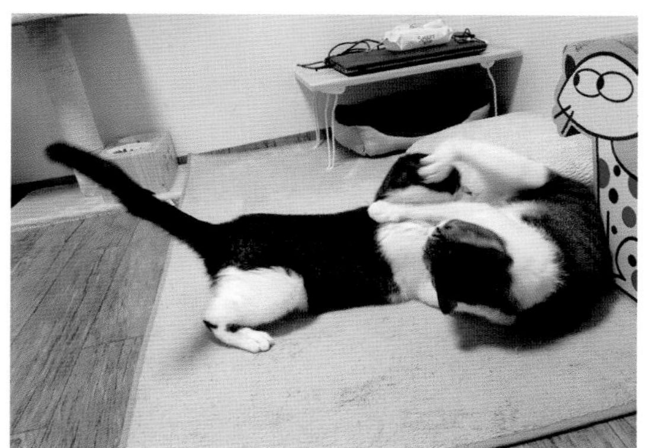

#싸우는_거_아님 #노는_중이에요

앗, 우리 집에 토끼가?

#요미_토끼 #아저씨_토끼

비명 지르는 거 아닙니다

#하품하는_중입니다 #하품시리즈 #쁘니편

모래에서 뒹굴뒹굴

유독 화장실 모래에 뒹굴뒹굴하며 노는 걸 좋아하는 아이들이 있다. 주로 도리, 앰버, 유신이가 그러는데 내 입장에서 반가운 일은 아니다. 위생적으로도 개운치 않고, 아무리 먼지가 덜한 모래를 쓴다 해도 벤토나이트 모래인 이상 100퍼센트 먼지가 없는 모래는 없기 때문에 애들이 뒹굴 때마다 먼지가 묻어나기 때문이다. 애들이 화장실에서 뒹굴거리면 나는 난감하게 웃으며 바라본다.

유신이는 처음엔 화장실 모래에 크게 관심이 없었는데 아기 고양이 시절에 앰버에게서 배웠다. 어쩜 그렇게 안 좋은 건 빨리도 배우는지. 앰버가 유신이 앞에서 모래에 뒹굴거리고, 또 같이 모래에 데리고 들어가서 뒹굴고 놀다보니 자연스레 배우게 되었다. 다행히 화장실 모래가 오래되면 애들도 그리 깨끗하지 않다는 걸 아는지 뒹굴지는 않는다. 그러다가 새 모래로 교체를 하면 다들 뒹굴고 난리가 난다.

#애미야_이_놀이터_맘에_쏙_드는구나 #참_좋은_거_가르친_앰버_선생

비닐쟁이 애옹쓰

애옹이는 특이하게 비닐을 광적으로 좋아한다. 길 생활 때 쓰레기봉투를 많이 뜯어서일까, 희한하다. 내가 비닐봉지를 들고 집에 오면 자다가도 벌떡 일어나 옆에 와서 어느새 비닐을 핥고 있다.

다행히 비닐을 뜯어먹지는 않아서 크게 뭐라 하지는 않지만, 무언가에 홀린 것처럼 미친 듯이 비닐을 핥고 있는 걸 보면 저렇게 놔둬도 괜찮나 싶다. 물론 내가 지켜보지 않을 때는 비닐을 치워 둔다. 창문이나 비닐에 집착하는 애옹이를 옆에서 보면 참 특이한 고양이라는 생각이 든다.

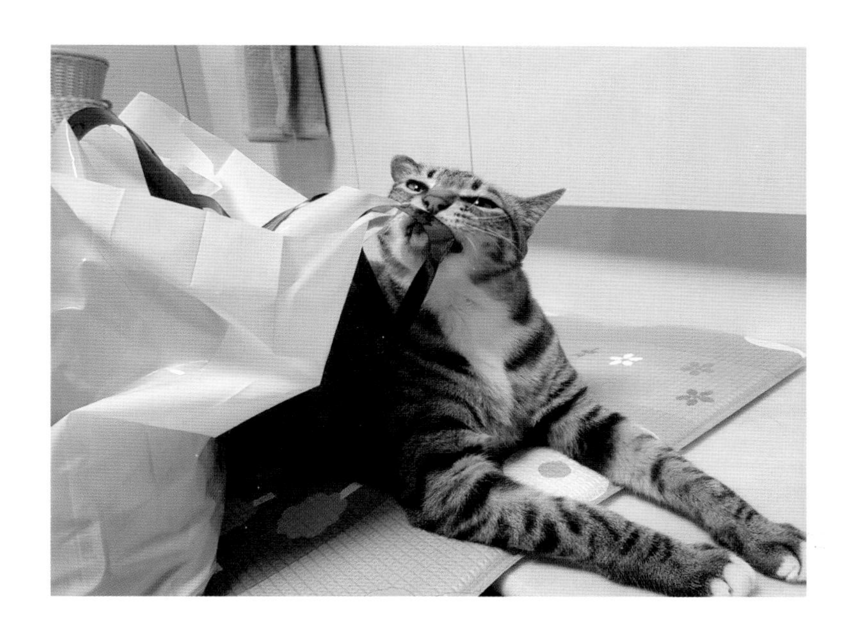

캣글라스 수난시대

우리 집에선 캣글라스를 키우는 게 쉽지 않다. 다 자랄 새도 없이 파먹어 버리기 때문이다. 애들 손이 닿지 않는 곳에 두자니, 우리 집 모든 곳이 애들 손이 닿는 곳이라 쉽지가 않았고, 화장실 같은 데서 몰래 키우자니 햇빛을 받지 않으니 영 싱싱하지 않아 성에 차지 않았다. 그래도 어찌어찌 캣글라스를 무성하게 키워 낸 적이 있는데(사실 물만 주면 쑥쑥 자라기 때문에 키우는 건 쉬운 편이다) 애들에게 주자마자 순식간에 먹혀 버렸다.

화분 하나에 애들이 빙 둘러싸여 미친 듯이 캣글라스를 뽑아 먹어 대는데 그야말로 캣글라스 수난시대 보는 줄…….

#캣글라스_무성했는데 #냠냠 #냠냠 #냠냠

집사 껌딱지 러비

우주최강쫄보이자 우리 집 서열 꼴찌, 러비. 다른 애들이랑도 그렇게 잘 어울리지는 못하는 편이라서 분홍방에서 지내고 있는데, 우리 집 아이들 중 유일하게 나에게만 의지를 하는 아이이다. 다른 아이들은 나에게 의지를 해도 어느 정도 친한 아이들끼리도 의지하는데 러비에게는 오직 나뿐이다.

그래서 그런지 내가 외출하면 내 냄새가 묻어 있는 베개를 제일 많이 좋아해서 베개에 앉아 있거나 하는 모습을 자주 볼 수가 있었다. 그런 러비의 모습을 보면 울컥하기도 하면서 감동스럽기도 하고, 안타깝기도 하고 그렇다. 내가 자거나 쉴 때 유일하게 나에게 좀 많이 달라붙는 아이기도 하다. 나는 잠버릇이 좀 고약한 편이라 잘 때 몸부림이 심해서 애들이 처음엔 내 옆에서 자다가도 내 잠버릇에 못 이겨 가 버리는데, 러비는 그럼에도 불구하고 내 옆에 끼여서 자는 걸 좋아한다.

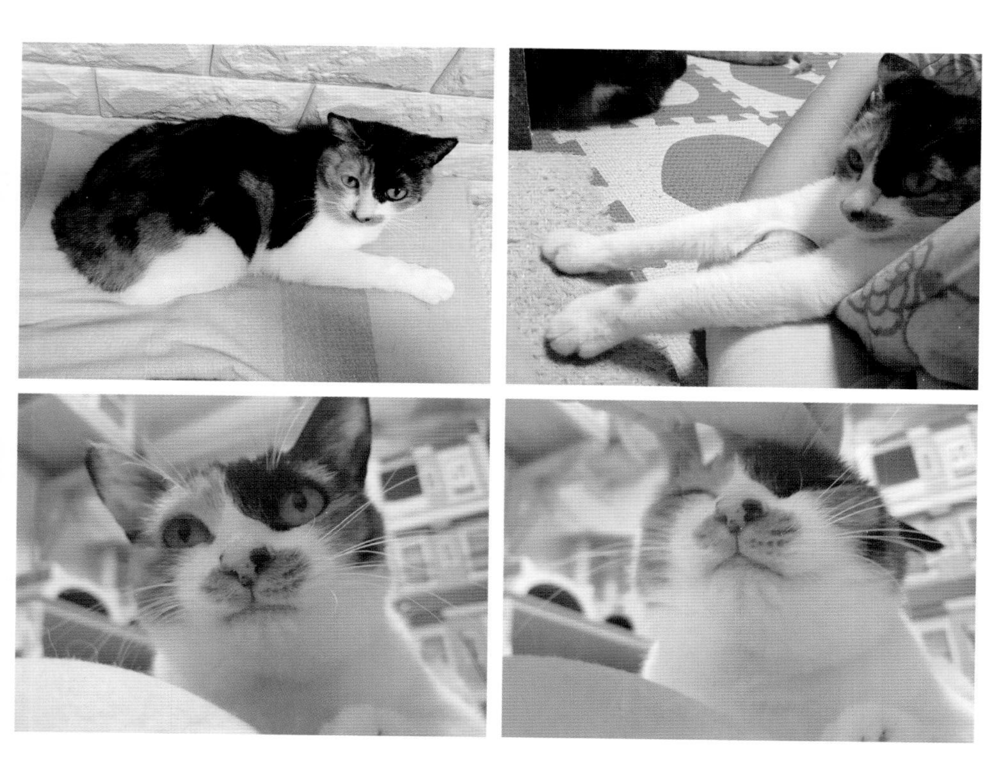

#집사_냄새_좋아 #집사_옆이_좋아 #집사_좋아

냐미쟁이 도리

도리는 엄청난 냐미쟁이다. 게다가 말도 참 많다. 도리가 날 똑바로 쳐다보며 해맑게 야옹~하면 무엇을 요구하는지 너무나 뚜렷하게 보여서 참 귀엽기도 하고 웃기기도 하다. 자기도 자기가 귀엽다는 걸 아는 걸까? 그래서 그렇게 해맑은 표정과 맑은 목소리로 냐미를 요구하는 건가? 도리가 간식을 달라고 하면서 야옹 하고 울면 나는 그 모습에 안 넘어갈 수가 없다. 비록 그날 많은 간식을 먹었음에도 불구하고 과하게 요구를 하면 모른 체하지만 웬만해선 모르는 척하기가 힘들다는 그 표정!

특징이 있다면 편식 역시 심하다는 것. 일단 무조건 간식이라고 하면 달려오는 고양이지만 자기가 좋아하지 않는 간식이면 냄새만 맡고 조금 떨떠름한 표정으로 돌아가고, 좋아하는 간식이면 내 손가락까지 먹을 기세로 달려든다. 자칫 잘못하면 정말 손가락까지 씹히니까 조심!

#냐미_줘! #냐미_좋아

편식하는 유신이

우리 집은 자율급식을 한다. 가끔씩은 사료에 간식을 섞어서 부어 주기도 하는데, 그날은 사료에 캣만두라는 간식을 섞어서 놔줬을 때였다. 그런데 유신이가 밥을 먹는데 아니 글쎄, 욘석이 편식을 하는 게 아닌가! 반자동 급식기를 썼을 때였는데 한가득 사료를 부어 놓고 밑에 있는 그릇에 사료가 비면 다시 채워지는 구조였는데, 유신이가 사료가 나오는 구멍을 알아채고는 앞발로 거기를 열심히 파면서 간식만 쏙쏙 골라내는 것이 아닌가.

그날 유신이는 한참을 사료를 골라 먹었고 덕분에 사료가 한가득 밖으로 튀어나왔다고 한다…….

#골라골라_캣만두

삼이를 꼬시는 방법

우리 삼이는 엄청난 겁쟁이다. 낯선 사람들도 많이 무서워하지만, 평소에 나도 좀 무서워하는 편이다. 처음부터 이랬던 것은 아니다. 처음엔 엄청난 애교쟁이였는데, 방광염에 걸리면서 전쟁 아닌 전쟁을 치룬 뒤로 바뀌었다.

당시 방광염에 심각하게 걸렸고, 이 지독한 방광염은 지긋지긋하게 낫지 않고 삼이와 나를 괴롭혔다. 조금 나을 만하면 다시 증세가 심해지고, 이제 다 나았다 싶어 한숨 놓으면 재발하고 이게 계속 번복이 되다 보니 나 역시 점점 더 보조제를 늘리고 강수를 늘리게 되었다. 약과 보조제를 하루에도 몇 번씩 먹이고 강수도 하고 그랬더니 방광염은 다 나았지만 안 그래도 겁이 많았던 삼이는 나를 조금 무서워하게 되었다.

그래서 지금은 자기가 스스로 오는 게 아니라 내가 만지려고 하면 도망가기 바쁜데, 약을 먹여야 하거나 발톱을 깎아야 하거나 삼이를 꼭 잡아야 하는 순간이 오면 삼이를 꼬시는 방법이 다행히도 있었다. 우리 삼이는 겁쟁이지만 장난감을 너무너무 좋아하는 아이다. 장난감을 이리저리 흔들면 어느새 동공이 확장되어 근처에 와있다. 조금 장난감으로 놀아 주다가 삼이를 잡으면 미션 성공. 매번 당하면서도 삼이는 항상 넘어온다.

한국말 하는 고양이

우리 집 애들도 여느 고양이와 다를 것 없이 똑같이 물을 싫어하는 고양이들이다. 한번은 앰버가 화장실 모래에서 너무 뒹굴어서 모래 먼지를 참지 못하고 결국 처음으로 목욕을 시킨 적이 있었는데, 아니나 다를까 엄청 난리가 났다. 이리저리 도망 다니고 몸을 비틀고 울고불고 난리를 치는 아이를 진땀을 흘리며 붙잡고 겨우 물칠을 하고, 샴푸칠을 하고, 헹궈내는 중이었다.

그런데 목욕이 너무너무 싫었던 앰버가 이상한 소리를 내기 시작했는데, 그게 마치 한국말로 "야! 나가~"라고 하는 것 같지 않은가. 그 이상한 소리에 목욕은 급 중단되었고 나는 부랴부랴 핸드폰을 꺼내들어 찍을 수밖에 없었다. 야! 나가~ 라니, 세상에나. 정말 자기 속마음을 한국말로 얘기한 게 아닌가 싶다.

#야!나가!

러비 까꿍!

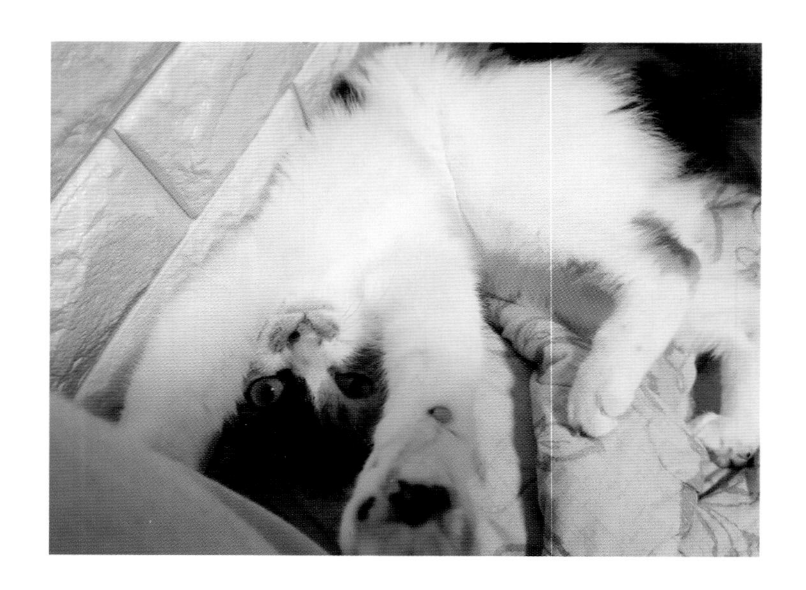

바깥 냄새 킁킁

프로 스파 냥이 기적이

기적이는 피부가 좋지 않다. 많이 좋지 않다. 바로 기적이가 먹는 발작 약의 오랜 복용 부작용 때문이다. 그래서 기적이는 주기적으로 약욕을 하고 있는데, 약욕 후에는 항상 스파를 하며 쌓인 딱지를 불려서 떼어 낸다. 이 짓을 하도 많이 하다 보니 기적이도 이제는 익숙해져서 스파를 할 때 자신이 편한 포즈를 딱 잡고서 스파를 한다. 이 과정을 좋아하지는 않지만, 그냥 잘 참아주는 것 같았다.

기적이가 스파를 할 때 항상 잡는 포즈는 욕조 테두리를 붙잡고서 기대어 앉아 있는 건데, 그 포즈가 몸도 마음도 편한 건지, 그 포즈를 취하지 못하게 하면 굉장히 싫어하고 안 하려 해서 항상 스파할 때는 그 포즈로만 스파를 한다. 욕조 테두리를 잡고 앉아 있는 기적이에게 수건을 둘러 주면 정말 프로 스파 냥이가 따로 없다.

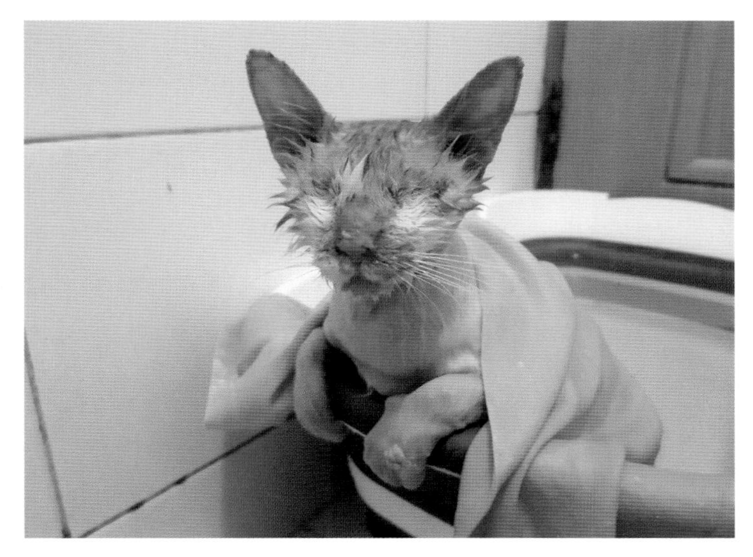

#손님_물_온도는_맞으십니까 #건드리지_말라냥

조금은 특별한 성장

사람이나 동물이나 살아 있는 생명체라면 당연히 모두 성장을 한다. 별스레 특별할 것도 없다. 다들 필수적으로 커 가면서 성장 단계를 거치니까. 그런데 나에게는 그 모든 성장들 중에서 조금 더 특별하게 느껴지는 성장이 있다.

기적이는 2개월 된 아직 새끼일 적부터 눈도 잃고 뇌전증을 앓으며 크게 아파왔다. 그러다 보니 왠지 모르게 기적이의 성장은 유난히 더 특별하게 느껴졌다. 내 손바닥보다도 작던 새끼 고양이가, 그때부터 지금까지 계속 현재진행형으로 많이 아픈 내 고양이가, 그래도 생명이라고 성장을 하기 때문이다. 비록 새끼 때부터 많이 아파서 다른 고양이들에 비해 성장을 잘 못 해서 아주 많이 작지만, 그래도 커 가면서 영구치가 나기 시작하고 유치가 빠지기 시작하는 모습들이 나에게는 정말 특별한 순간들이었다.

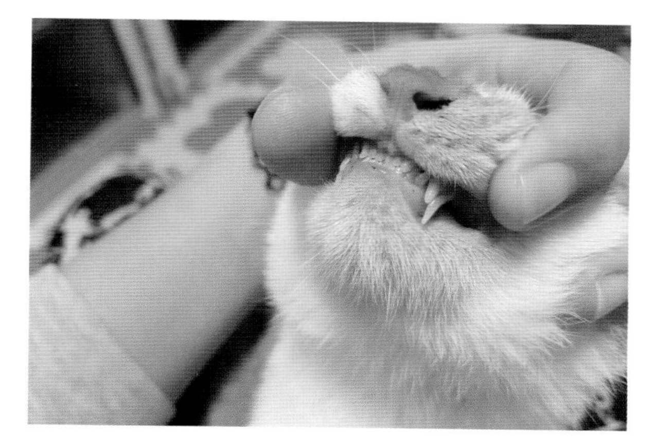

#기적이_영구치_나던_순간

네블라이저 프로 냥이

고니는 천식과 비염이 있기 때문에 항상 네뷸라이저를 달고 산다. 특히 환절기가 될 때면 더욱더. 네뷸라이저를 하도 많이 해 봐서 일까, 아니면 집사 힘들지 말라는 기특한 생각을 하고 있는 걸까. 고니는 다른 고양이들에 비해서 네뷸라이저 하기가 정말 수월하다. 안겨서 딱 가만히 있어 주기 때문에 힘들이지 않고 네뷸라이저를 금방 끝낼 수가 있다. 다른 애들은 네뷸라이저를 하려면 20초도 채 버티지 못하고 발버둥 치고 난리가 나는데, 고니는 몇 분이 흐르든 가만히 네뷸라이저를 참아 준다. 기특하다.

보통 강아지, 고양이 네뷸라이저를 할 때 병원에서는 아크릴 박스나 입원장에서, 가정에서는 비교적 쉽게 구할 수 있는 리빙 박스 등에 구멍을 뚫어서 애를 그 안에 넣어 놓고 분무량이 엄청난 큰 네뷸라이저 기계 호스를 꽂아 그 공간을 꽉 채워 버린다. 보통은 아이들이 가만히 있어 주지 않기 때문에 보다 효율적으로 확실하게 효과를 보기 위해서 그렇게 한다. 하지만 아무래도 직접적으로 코에 닿는 게 아니다 보니 이렇게 하면 보통 15~20분 정도 하는 걸로 알고 있다. 하지만 우리 고니는 그럴 필요가 없다!

처음엔 나도 큰 기계를 썼었는데, 이제 그럴 필요가 없어져서 휴대용 작은 네뷸라이저를 장만해서 고니를 안고 직접 코에 대고 네뷸라이저를 하고 있다. 직접적으로 하다 보니 3~5분 정도만 해도 충분한 효과를 볼 수가 있다. 이리 되니 고니도 편하고, 나도 편하고 정말 일석이조다. 우리 고니 대장 너무 기특해!

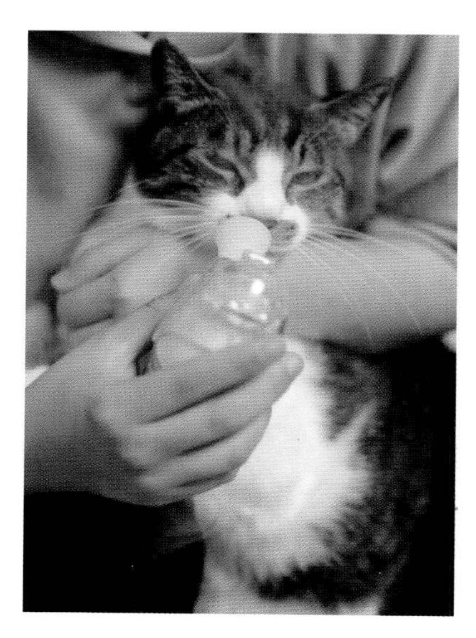

#이_정도야_껌이지옹

일인자의 자리

화장실 방에는 계단식 스크래처 두 개를 붙여 둔 게 있는데 그 꼭대기는 우리 집에서 일인자의 전용 자리가 되었다. 오직 서열 최상위권의 고양이만 앉을 수 있는 일인자의 자리! 고니 대장이 주로 앉아 있고 이따금씩 할배도 앉아 있긴 한데, 웬만해선 고니가 그 자리에 다른 애들이 앉는 걸 별로 좋아하지 않아서 쫓아낸다. 그래서 거의 고니가 독차지하고 있다고 보면 된다.

항상 대장 자리에 관심이 많은 우리 야망가 도리가 탐내는 자리기도 한데, 고니 몰래 몇 번 올라가다가 고니한테 엄청 혼나고 난 뒤로는 쉽사리 앉아 있질 못한다. 대신 아쉬운 마음으로나마 그 바로 밑 계단 자리에 앉아 있는 모습을 자주 볼 수 있는데 아무래도 그 일인자의 자리에 미련을 떨쳐 내지 못하는 듯하다.

#거친_고니_대장과 #불안한_야망가_도리군과 #그걸_지켜보는_집사

#어부지리_2등 #애옹쓰

각자 한 자리씩

똥괭이네 서열

상위권

중상위권

중위권

하위권

최하위권(분홍방 멤버)

똥괭이네 낯가림 순위

상위권

쁘니

러비

선덕이

유신이

점돌이

삼이

도리

중위권

이백이

할배

소이

수리

봉남이

앰버

아저씨

하위권

애옹이

기쁨이

봄이

낯가림 없음

고니

코코

콩님이

기적이

요미

명당자리

고양이들에게 우리 집 명당자리를 뽑으라고 하면 다들 아마 망설임 없이 택할 장소가 있을 것 같다. 바로 거실에 있는 창문 앞 수납장 자리다! 한가로운 오후 시간이 되면 다들 하나둘씩 모여서 창문을 보며, 바깥 공기를 느끼며 잠을 청하는 곳이다. 한 번씩 그렇게 모여 낮잠을 청하는 모습을 볼 때면 사진을 안 찍을 수가 없다. 다만 우리 집에 햇빛이 잘 들지 않아 창가임에도 불구하고 애들이 일광욕을 잘 못한다는 점이 조금 아쉽다. 내 소원은 언젠간 넓고 좋은 집에 가서 애들이 햇볕을 만끽하며 일광욕하는 모습을 보는 것이다!

#오늘의_치즈모임은_명당자리에서 #쿨쿨Zzz

기적이가 숨는 장소

기적이가 발톱 깎기나 귀 청소 등 하기 싫은 걸 하려고 할 때 숨는 장소가 있다. 보이지도 않는 녀석이 눈치는 어쩜 그리 빠른지, 발톱 깎을 준비를 하면 귀신같이 알고 쪼르르 달려가 박스 숨숨집으로 숨는다. 기적이 딴에는 거기가 안전한 장소라고 생각하는 건지, 항상 그 숨숨집에만 숨는다. 기적이가 숨으면 최대한 스스로 나올 때까지 기다려 준다. 굳이 억지로 꺼내서 딴에는 안전한 장소라고 생각한 장소를 더 이상 안전하지 않다고 생각하게 만들고 싶지 않기 때문이다. 사실 거기에 숨어서 눈치 보고 있는 모습이 너무 귀여워서 그 모습을 좀 더 감상하기 위함도 있다.

정말 우리 기적이는 하는 짓도 너무너무 귀엽다.

#꼭꼭_숨어라_머리카락_보일라 #기적이_숨었다

발부채가 활짝 피었습니다

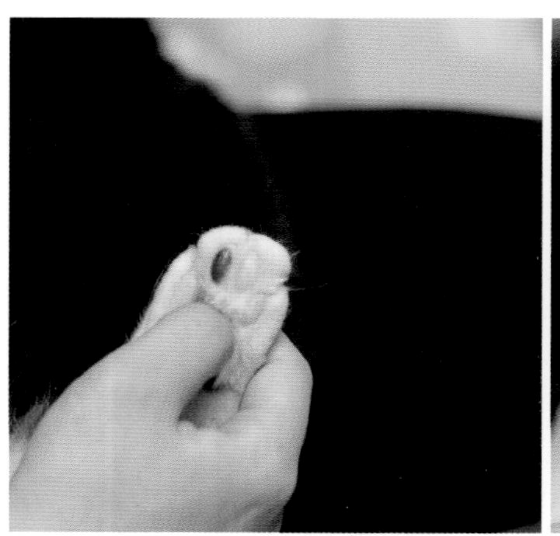

#발부채 #활짝 #귀여워 #뽕남이_재롱

가만히 있다가도 하품이

#재채기하는_듯하다가 #갑자기_분위기_하품 #하품시리즈 #이백이편

창문 해먹 쎄굿바

예전에 창문에 거는 해먹을 한번 구입했던 적이 있었는데, 이백이가 그 해먹을 참 많이도 좋아했다. 마음에 쏙 들었는지 항상 그 안에서 자곤 했다. 창문에 거는 제품이긴 했으나 우리 집 창문이 그 해먹 고리에 맞지 않아서 약간 어정쩡하게 걸쳐 놓은 상태였는데 그러다 보니 좀 무거운 무게는 잘 버티지 못했다. 어찌어찌 이백이 무게까지는 버틴다 하였지만 아쉽게도 두 마리의 무게는 버티지 못하고 항상 해먹이 무너지거나 하는 상황이 왔다.

이백이 혼자 썼다면 무리 없이 썼을 해먹이지만, 문제는 이백이가 참 인기가 많은 아이란 것이다. 이백이가 해먹에 올라가 있으면 꼭 한 녀석씩은 따라서 해먹에 올라가 이백이와 붙어 자길 좋아했고, 두 마리의 무게를 이기지 못한 해먹은 그때마다 무너져 내리곤 했다. 결국 어쩔 수 없이 해먹을 치워버릴 수밖에 없었다는 이야기.

#창문_해먹을_좋아하는_이백이 #이백이를_좋아하는_똥괭이들

존경의 눈빛

도리가 존경하는 고양이가 딱 하나 있는데, 바로 콩님이다. 너무 신기하게도 도리는 콩님이를 굉장히 의지하고 따르는데, 콩님이가 하는 일이라면 무조건 따라하려고 한다. 지금은 방묘문 밑에 발판으로 할 것이 있어 다들 방묘문 위에 잘 올라가는데, 그런 게 없을 때에는 방묘문 위에 올라갈 수 있는 건 날쌘 콩님이밖에 없었다. 콩님이가 날쌔게 방묘문 위로 점프해서 올라가면 도리는 그렇게 애가 타 밑에서 발발 동동 구르고 자기도 오르겠다고 점프해서 시도하곤 했다.

날렵한 콩님이의 모습에 도리도 반한 건가 싶다. 하긴, 내가 봐도 우리 콩님이의 날렵한 모습은 정말 멋있는데 자기들 눈에도 똑같지 않겠나 싶다.

#콩님_형아_좋아

고양이의 유연함

고양이의 유연함이란 때때로 상상을 초월하기도 한다. 한번은 청소기를 돌리던 중이었다. 청소기를 무서워하는 고양이들은 항상 청소기가 등장하면 이곳저곳 구석진 곳에 숨어있는데 정말 신기하게 숨을 때도 있다. 예전에 사 두었던 2층 콘도 하우스는 굉장히 작은 편이라 사실상 좀 몸무게가 적게 나가는 아이들이나 사용할 수 있었지, 우리 집에서 6~7킬로그램대 큰 몸집을 가진 아이들이 거기를 사용하기에는 너무 꽉 껴서 힘들었다.

하지만 갑작스런 청소기의 등장에 놀란 아이들이 여기저기 막 숨을 곳을 찾다가 두 마리가 그 콘도 하우스에 같이 들어가 버렸다. 심지어 덩치도 제법 있는 두 녀석들이! 어떻게 그 좁은 하우스에 두 마리가 꾸깃꾸깃 들어가 있을 수 있었는지 너무 신기했다.

#꾸역꾸역 #꾸깃꾸깃 #어떻게_들어간_거니 #나오는_건_또_어떻게_하는_거야

우리 집 슈퍼맨 고양이

#코코_전용_휴식_포즈

#날아라_슈퍼맨 #우리_집을_지키는_히어로냥

소이의 냥젤리 볼 테야?

#뭐_한번_보든가 #새침

참견쟁이 기적이

기적이는 두 눈이 없는 대신에 청각에 굉장히 예민한 편인데, 희한하게도 아이들이 화장실을 가서 모래를 파고있으면 분명 볼일을 볼 것이란 걸 기적이도 알 텐데 꼭 가서 참견을 한다. 가서 꼭 킁킁거리며 냄새를 맡고 얼굴을 들이미는 편이라 솔직히 애들은 볼일 볼 때마다 참견하는 기적이를 굉장히 불편해한다. 사람도 볼일 볼 때 문을 두드린다던지 누가 계속 방해를 하면 굉장히 짜증이 나는데, 아이들도 똑같겠지.

다른 애들은 또 그러려니 해도 분홍방에서 아저씨는 화장실에 좀 예민한 편이다. 방광염에 자주 걸리는 편이라서 아저씨가 볼일을 볼 때는 내가 기적이를 붙들고 있는데, 그걸 기적이가 또 굉장히 싫어하는 편이라 어쩔 수 없이 나는 아저씨가 화장실을 갈 동안엔 기적이를 수납장 하우스 2층에 잠깐 감금(?)을 하곤 한다. 기적이는 두 눈이 보이지 않는 만큼 높은 곳에 약하기 때문에 제 발에 닿는 것이 없으면 내려오지 못하는 편이라 2층에 두면 내려오지 못한다(물론 혹시 모르기 때문에 내가 지켜보고 있다.) 아저씨가 시원하게 볼일을 보고 나면 그제야 풀어 준다.

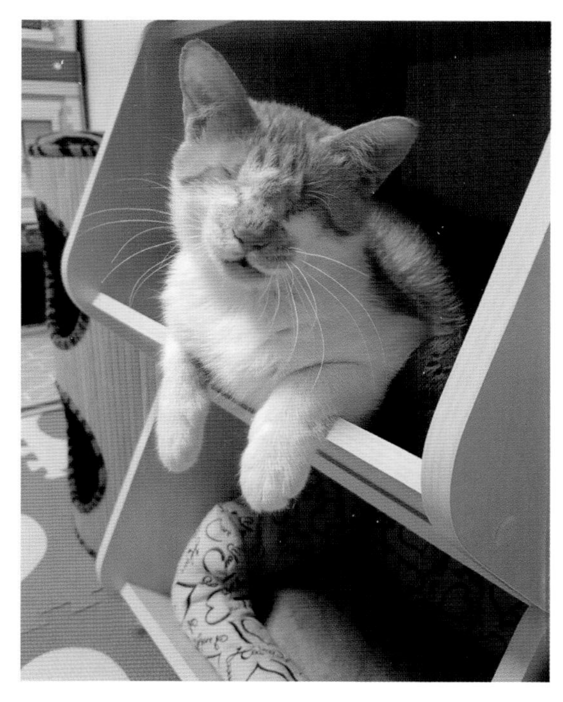

#기적이는_가택연금_중

내려오지도 못하면서 꼭

분홍방에는 조금 단단한 박스 재질의 캣타워가 두 개 있는데 기적이가 이 캣타워에 오르는 걸 굉장히 좋아했다. 내려오지도 못하면서 말이다. 보이지도 않으면서 오르는 건 어찌나 잘 오르던지, 우당탕탕 소리를 내며 뛰어올라가곤 했다. 하지만 제일 큰 문제는 높은 곳에 약해 내려오지 못한다는 거…….

내려오지도 못하면서 꼭 올라가서는 자기 못 내려간다고 앵앵 울면서 나를 찾는다. 내가 내려 줄 걸 알고 있기 때문이다. 기적이가 꼭대기에 올라가서 앵앵 울면 나는 기적이를 안아서 내려 놓고, 기적이는 재미가 들려서 또 우당탕탕 올라가곤 했다. 너무너무 귀여운 모습이긴 했지만 나 없을 때 올라가다 떨어질까 봐 지금은 박스 캣타워 1층을 기적이가 못 들어가게 봉쇄한 상태. 그래서 기적이는 캣타워에 이제 오르지는 못하지만 참 귀엽고 즐거운 추억이다.

#집사야_나_좀_내려줘 #꼭대기_점령 #못_내려온다는_게_함정

쫄보의 레슬링 상대

쫄보 러비에게도 세상에서 제일 만만한 레슬링 대상이 있는데, 그건 바로 이 집의 유일한 인간. 이 집의 고양이들을 모시고 사는 집사, 바로 나라고 할 수 있다. 내 손에 유일하게 겁 없이 덤벼들며 레슬링하는 러비의 모습이 너무 귀여워서, 또 러비가 레슬링하고 나면 일시적이나마 조금 자신 있는 모습을 보이기에 종종 놀아 준다. 원래는 고양이와 손으로 놀아 주면 안 된다곤 하지만 겁쟁이 러비가 유일하게 자신 있게 레슬링 하는 게 내 손인데 어찌 거부할 수 있으랴!

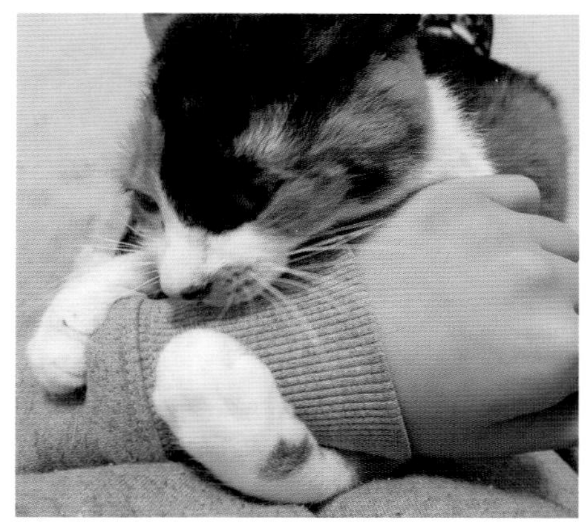

#러비의_유일한_레슬링_파트너

눈치 없는 고양이

봉남이는 우리 집에서 눈치 없기론 단연 최고다. 약간 어리버리한 성격이라 덩칫값도 못하지만 눈치도 없어서 애들이 싫어하는 짓을 하고 꼭 얻어맞는다. 소이는 캣휠을 엄청 사랑하고 집착하는 아이라서 다른 애들은 소이가 볼 때는 캣휠을 잘 건들지도 않는데 봉남이는 꼭 그런 소이의 앞에서 캣휠에 드러눕다가 소이한테 결국 한 대 맞는다. 집사는 고개를 절레절레 내저으며 한숨만 쉴 뿐.

#꼭_소이_앞에서_드러눕더라 #결국_한_대_맞음

반전 매력 봄 여사

봄 여사는 굉장히 조용한 성격이다. 가만히 있을 때는 굉장히 조용하고 우아하고 애칭처럼 여사님 같은 느낌이 드는데, 반전 매력을 보여줄 때가 있다. 가끔씩 엄청난 우다다쟁이에 장난꾸러기가 된다. 마치 한 번씩 일탈을 즐기듯이.

그런 상반되는 모습을 가만히 보고 있으면 피식피식 새는 웃음을 참을 수가 없다. 갑자기 미친 듯이 우다다를 즐기다가 언제 그랬냐는 듯이 폼 잡고 앉아 있다. 너무 귀엽다 정말!

#평소_모습 #조용_우아

#장난꾸러기로_돌변 #반전

#장난감을_노리는_눈빛

오해하지 말아요

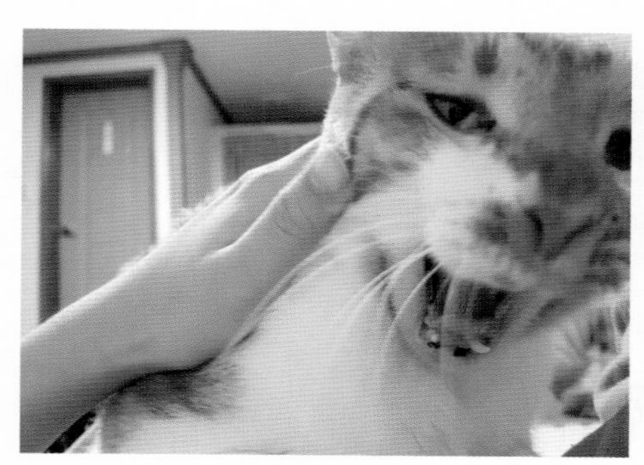

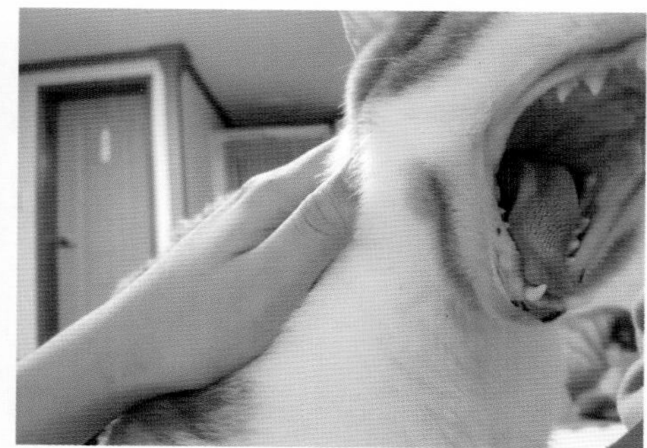

#공격하는_거_아니라옹 #졸려서_크아하품 #하품시리즈 #기쁨이편

점박이 코

유신이는 원래 분홍색 코를 가지고 있었다. 한 두어 살 때까지만 해도 분홍 코였는데, 어찌된 일인지 어느 순간부터 점이 생기기 시작하더니 지금은 점박이 코를 가진 고양이가 되었다! 분홍색 코도 너무 너무 귀여웠지만 개인적으로 점박이 코가 더 귀엽다는 생각이 든다. 우리 유신이가 뭔들 안 귀여우랴?

#분홍코_시절

#유신이_점박이코 #뭔들_다_예쁘지_우리_유신이

콧물 찍!

봉남이는 턱시도 코트를 지닌 고양이인데, 참 웃기게도 마치 개그맨들 콧물 분장처럼 봉남이 코 밑에도 무늬가 있다. 코 밑에 흰색으로 콧물이 찍! 그려진 듯한 얼굴 무늬는 봉남이한테 정말 어울리는 무늬다. 그만큼 애가 또 어리버리하니까 마치 영구 없다~ 하는 고양이 같달까.

사실 코 밑에 콧물 무늬만 없었어도 나름 흑표범 같은 카리스마 있는 얼굴이라고 생각하는데 코 밑에 그 콧물 분장이 있으니 카리스마가 없어졌다. 역시 우리 봉남이는 카리스마보단 개그가 어울리나 봐!

#카리스마_잃고 #귀여움_얻음

호랑이 vs 사자

예전에 할배가 피부병 때문에 전체 미용을 한 적이 있었다. 당시 스테로이드 부작용으로 피부층이 굉장히 얇아져 조금만 발톱으로 긁어도 쉽게 상처가 나던 시기였기 때문에 털이 없어진 할배에게 불가피하게 상처가 나는 걸 방지하기 위해 옷을 입힐 수밖에 없었다. 피부병이 있었기 때문에 옷은 매일매일 새로 갈아입혔다.

그러다 보니 자연스레 할배의 옷이 많아질 수밖에 없었는데, 이왕 할배 옷을 장만하는 김에 조금 귀여운 옷을 입혀 보고 싶어서 호랑이룩과 사자룩을 구해서 입혀 본 적이 있었다. 할배는 콧등이 넓어 인상이 살짝 맹수 같은 느낌이 들어서 너무나 잘 어울릴 거라 생각했고, 아니나 다를까! 너무 잘 어울리고 너무 귀여운 것이 아닌가……. 정말 정신없이 사진을 찍어 댔다. 할배는 다행히 옷에 그리 예민하지 않았기 때문에, 입히든 말든 크게 신경을 안 쓰는 타입이었던지라 본의 아니게 집사가 조금 사심을 채울 수가 있었다.

#호랑이_할배 #사자_할배

고장 난 유신이

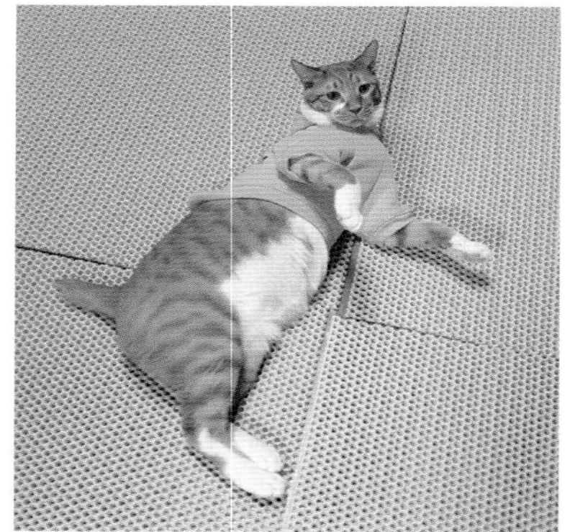

#범인은_옷 #그대로_얼음

점돌이는 꼬리가 길다

#매우_길다

매력 점의 주인

점돌이의 입 옆에는 아주 큰 점이 하나 콕 박혀 있다. 작은 점도 아니고 정말 큰 왕 점이 딱 동그랗게 하나 박혀 있는데 어쩜 저렇게 털 무늬가 나왔는지 너무나 신기한 왕 점 무늬다. 점돌이가 길에서 어린 시절을 보낼 때 밥을 항상 챙겨 주었는데 형제들 사이에서 유별나게 눈에 띄었던 건 저 왕 점 때문이 아닌가 싶었다. 어쩜 저런 무늬가 나왔을까 싶어서 눈이 더 갔었으니까. 이름이 점돌이인 것도 다 저 점 때문이다.

이 왕 점은 점돌이의 매력 점이 되었다. 누가 봐도 눈에 띄고 보면 볼수록 웃기기도 하고 예뻐서 정이 더 간다. 점돌이의 매력포인트를 뽑으라면 난 단 한치의 망설임도 없이 저 왕 점을 택할 거다!

#흥_집사_뭘_좀_아는군

집사가 뽑은 똥괭이네 매력 포인트

콩님이

퓨마같이 늘씬하고 날렵한 몸매, 눈 위에 나란히 찍힌 두 점.

고니

청록 빛깔의 영롱한 눈, 입에 묻은 짜장 무늬.

이백이

청록색의 예쁜 눈, 동글동글한 얼굴에 날카로운 눈매.

봄이

꾀꼬리같이 예쁜 목소리, 햄스터 같은 코.

소이

입가에 작은 점과 큰 눈. 발에 짜장이 튄 것처럼 보이는 점들.

도리

누가 뭐래도 호섭이 머리가……!

수리

늘씬한 몸매.

봉남이

흑곰 같은 덩치, 그와 상반된 코 밑에 흰 콧물 분장.

삼이

얼굴의 검은 가면.

점돌이

입 옆에 왕 점!

앰버

까만 얼굴인데 유일하게 하얀 턱 밑.

코코
오 대 오 가르마와 코 밑에 작게 있는 노란 콧물 분장.

기쁨이
마시멜로 같은 말랑말랑한 뱃살.

선덕이
기쁨이와 똑 닮은 뱃살과 얼굴의 검은 마스크.

유신이
탄탄한 근육질 몸매와는 상반된 장난 많은 성격.

할배
미간이 넓어 왠지 모르게 맹수 같은 분위기, 입가에 하얀 콧수염,
누가 봐도 어르신 느낌이 나는 외모.

쁘니
미. 모.

애옹이
한쪽만 접힌 귀와 선명한 태비 무늬, 특이한 목소리.

요미
물범 같은 통통한 몸매.

아저씨
콧등에 다이아몬드 무늬. 걸쭉한 목소리.

러비
코 밑에 묻은 노란 짜장.

기적이
말해 뭐해, 기적이는 존.재. 자.체.가. 매력 포인트. 반박 불가!

레슬링 파트너

코코와 점돌이는 둘이서 제법 강도가 센 레슬링을 즐기는 사이다. 사실 코코야 뭐, 오는 레슬링 막지 않는 주의라서 누구든지 레슬링을 걸어오면(그 상대가 고니와 소이만 아니라면. 고니와 소이는 좀 무서워해서 피하는 편이다) 적극적으로 받아주는 편이다. 그런 코코에게 꼭 레슬링을 거는 상대 중 하나가 바로 점돌이다. 점돌이는 허리와 뒷다리가 안 좋아 다른 애들과 레슬링하는 걸 좋아하는 편이 아닌데, 유일하게 코코랑은 레슬링 하길 좋아한다.

코코가 이빨이 없어서일까?(코코는 구내염 때문에 전발치를 했다) 안전하다고 느끼기 때문에 좋아하는 건지도 모르겠다. 점돌이가 꼭 코코에게 레슬링을 거는 이유 중 하나는 코코가 제 목을 무는 걸 좋아하기 때문이라고 조심스레 추측해 본다. 코코는 점돌이와 레슬링을 하다가 항상 점돌이의 목을 힘껏 무는데, 이빨이 없어 아프지 않고, 잇몸으로만 무는 그 감촉(?)이 좋은 건지 코코에게 목을 물릴 때면 점돌이는 참 의미를 알 수 없는 이상한 표정으로 가만히 있다.

TWO

하루 종일 돌리고 돌리고

우리 집에는 캣휠이 두 개나 있다. 그 이유는 아무래도 소이 때문이라고 할 수 있겠다. 소이는 무언가에 딱 꽂혀서 집착을 해야 하는 특이한 성격의 소유자인데, 캣휠이 자기한테 맞았는지 하루 종일 캣휠을 돌리고 돌리고 또 돌리며 집착하는 행동을 보였다. 처음엔 한 대만 있다가 소이의 캣휠 집착 때문에 다른 애들이 캣휠을 돌리는 걸 소이가 별로 좋아하지 않아 싸움이 종종 일어나자 캣휠을 한 대 더 마련하였고, 덕분에 지금은 캣휠로 인한 싸움이 별로 일어나지 않는다.

진정한 마라토너는 처음부터 달리지 않는다고 했던가. 다른 아이들이랑 소이랑 캣휠 타는 걸 가만히 비교해 보면 차이가 많이 난다. 다른 아이들은 처음부터 전력 질주를 해서 금방 지쳐서 나가떨어지는 반면에, 소이는 처음엔 차분히 캣휠을 돌리다가 한 번씩 전력 질주를 하며 속도를 냈다가 다시 사뿐사뿐 달려 자기 페이스를 조절하는 스타일이다 보니 한 번 캣휠을 돌리면 오래 탄다. 소이야말로 진정한 마라토너가 아닌가 싶다!

#러닝메이트_코코

쭈우욱

#콩님이_기지개_시간

사실 쁘니도 놀고 싶어

쁘니는 아직 사람에 대한 경계가 많아 아무리 장난감을 휘둘러도 항상 도망가기 바쁘다. 하지만 사실 쁘니도 여느 고양이처럼 장난감을 보면 엉덩이가 들썩들썩, 동공이 확장되고 콧김을 내뿜으며 잡고 싶어 하는 보통 고양이와 다를 바 없다. 단지 워낙에 마음의 상처가 큰 탓에 참고 있을 뿐이다.

#혼자_있을_땐_세상_편안

#나도_놀고_싶거든!

#그치만_아직_사람이_무서워 #움찔

한때 창문쟁이

애옹쓰는 한때 엄청난 창문 집착 고양이였다. 사실 구조했을 때, 워낙 집고양이 생활에 잘 적응하지 못하고 힘들어했던 애옹이라 처음에는 탈출을 여러 번 시도했고, 다 실패로 끝나자 이젠 유일하게 바깥 구경을 할 수 있는 창문에 거의 병적으로 집착했다. 창문이 닫혀 있으면 통곡하듯이 울면서 문 열라고 그렇게 난리를 쳤다. 한겨울이든 여름이든 날씨는 어떻든 상관없었다. 다른 애들은 추워서 다 털을 세우고 따뜻한 곳으로 피해 있어도 애옹쓰는 추워 털을 세우면서도 바깥 구경을 즐겼을 정도였으니…….

그래도 시간이 많이 지난 지금은 집고양이 생활에도 많이 적응하여 이제는 더 이상 통곡하거나 창문을 열어 달라고 떼쓰는 일이 거의 없어졌다. 물론 창문을 열면 제일 좋아하는 건 여전히 애옹쓰지만 이제는 어느 정도 평범한 기준에 들어선 것 같다. 여느 고양이가 평범하게 바깥 풍경을 창문으로 즐기듯이, 이제는 그 정도라고 말할 수 있을 것 같다.

#추워서_털_다_섰음 #그래도_창문_볼_거야 #고집불통

캣휠 쟁탈전

원래 우리 집에 캣휠이 하나밖에 없을 때는 소이가 캣휠을 거의 독점하다시피해서 소이 다음으로 캣휠 타는 걸 좋아했던 선덕이는 불만이 컸다. 그래서 항상 소이가 화를 내는 걸 알면서도 선덕이는 소이가 달리고 있는 캣휠에 뛰어들어 같이 달리기도 했고, 선덕이가 캣휠을 돌리고 있으면 그 모습을 보지 못하는 소이가 거기에 난입해 또 같이 달리는 모습을 자주 목격하곤 했다. 거의 캣휠 쟁탈전이었는데, 사실 지켜보는 입장에서야 많이 귀여운 모습이었지만 선덕이랑 소이 입장에선 아니었을 것이다.

그러다가 우연한 기회에 기존에 있던 것보단 작은 사이즈지만 운 좋게 캣휠을 하나 더 장만할 수 있었다. 그렇게 캣휠이 두 대가 되고 나선 소이와 선덕이가 캣휠 쟁탈전을 벌이는 상황이 반절로 줄어들었다. 큰 사이즈의 캣휠을 더 좋아해서 지금도 가끔씩 큰 사이즈의 캣휠을 두고 쟁탈전을 벌이곤 한다. 그래도 가끔 한 대씩 차지하고 나란히 캣휠을 돌릴 때 너무 사랑스럽다!

#숨_막히는_캣휠_전쟁 #이제_사이좋게 #나란히_나란히

금발이 잘 어울려요

예전에 인터넷에서 펫가발이란 걸 우연히 보게 되어 호기심에 구매해 봤다. 뭐, 고양이들이 그 펫가발을 가만히 써 줄 리는 없다고 생각했지만 정말 아무도 그 가발을 써 주질 않았다. 하지만 내게는 비장의 카드(?) 할배가 있었으니! 할배는 나이가 들어서인지 아니면 본래 성격이 약간 그러한 건진 모르겠지만 다른 고양이들에 비해 몸에 무언가를 걸치는 것에 대한 거부감이 별로 없었다.

아니나 다를까, 할배에게 가발을 씌워 보았는데 너무나 얌전히 잘 써 주고 있는 것이 아닌가! 게다가 너무 잘 어울렸다. 신이 나서 이것저것 머리를 땋아 보기도 하면서 키득키득거리고 있는데 문득 할배랑 눈이 마주쳤다.

……어쩐지 할배가 나를 한심하게 보고 있는 것 같은데, 기분 탓이겠지…….

#딱_고객님_머리예요!

집사야, 피곤하구나

#하품시리즈 #할배편

여러분, 쁘니 미모 감상하세요

#새침

냥젤리는 최고야!

분홍방 아이들에겐 벽과 천장에 많은 캣워커들이 있는데, 그중 천장에 있는 투명한 아크릴 판이 달린 캣워커는 정말 심쿵사하기에 딱 좋은 최고의 캣워커다! 분홍방 애들이 그 투명한 아크릴 판에 앉으면 볼 수 있는 눌린 냥젤리는 정말 심장에 해롭다고 말할 수 있을 정도로 너무너무 귀엽다. 분홍방에서 누워 있다가 냥젤리를 종종 목격하면 이미 수십 번도 넘게 사진을 찍고 또 찍었음에도 불구하고 나는 또 참지 못하고 핸드폰을 들어 연사로 찰칵찰칵찰칵 사진을 찍게 된다. 하지만 그 누가 와도 이 눌린 냥젤리를 볼 때 다들 똑같이 참지 못하고 사진을 찍어 댈 것이라고 자신한다.

고양이는 어쩜 발바닥도 그렇게 귀여울까?

#방심하는_냥젤리들

똑닮은 형제

고등어 고니와 치즈 이백이는 형제 사이다. 하지만 털 코트가 다르다 보니 언뜻 보면 닮지 않은 것처럼 보이지만 가만 보면 둘이 정말 닮았다. 골격, 체형부터 왠지 모르게 풍기는 분위기와 이목구비까지. 둘이 같이 있는 모습을 보면 새삼스럽게 신기할 때가 있다.

#묘하게_닮았어 #신기해

고니는 모태 대장?

고니 대장은 한쪽 팔에 완장을 찬 것처럼 무늬가 독특하게 있다. 정말 처음부터 대장냥이를 하려고 태어난 걸까, 팔에 딱 완장을 차고 있으니 정말 분위기도 대장 같다. 멋져, 고니 대장!

분량왕

책에 실릴 사진들을 찍기 위해 사진 작가님이 우리 집을 방문했다. 우리 집에 손님, 특히 여자 손님이 오면 엄청 좋아하는 고양이가 하나 있는데, 바로 우리 집 서열 1위, 고니 대장이다. 남자 손님들은 별로 좋아하지 않지만 여자 손님들은 엄청 좋아해서 여자 손님들이 오시면 하루 종일 옆에 붙어 다니며 궁디팡팡을 요구한다. 나는 찬밥 신세가 되어 눈길도 주지 않는 웃픈 상황이 발생한다. 그래서 원래 사진 작가님이 오실 때는 출판사 편집자님도 같이 와서 사진 작가님이 방해받지 않고 사진을 찍을 수 있도록 계속 고니의 궁디를 두들겨 주며 붙들고 있다. 이름하여 고니 전담마크.

그러다가 하루는 편집자님이 오지 못하고 사진 작가님만 왔는데 아니나 다를까, 고니가 계속 사진 작가님만 쫓아다니며 애교를 부리고 재롱을 떨며 촬영을 방해했다. 덕분에 그날 찍은 사진은 고니 대장 분량이 어마어마하게 많았다. 결국 고니 대장은 분량왕이 되어 버렸다. 혹시 이 모든 것은 고니의 계획……?

#포토왕_고니군

프로 궁팡러 고니 대장

우리 집엔 궁디팡팡을 엄청 좋아하는 녀석이 있다. 물론 다른 애들도 다 좋아하지만 유별나게 궁디팡팡을 좋아하는 녀석이 하나 있다. 바로 고니 대장이다. 아주 자세부터가 프로 자세로 각이 딱 잡혀있다. 상체는 바닥에 딱 붙이고 하체를 있는 힘껏 들어올려 노골적으로 궁디팡팡을 바라는 녀석의 자세를 보고 있으면 그 누구도 궁디팡팡을 안 해 줄 수가 없다. 가끔은 너무 엉덩이를 힘껏 솟아올려 들이미는 통에 자연스레 똥꼬에 시선 집중되어 버려 조금 부담스러울 때도 있다.

나 역시 그럴 때가 있는데 손님들은 오죽하랴. 고니는 나뿐만 아니라 집에 온 손님들이 궁디팡팡 해주는 것을 너무 좋아해서 손님들 앞에서 노골적으로 자세를 잡고 궁디팡팡을 요구하는데 처음엔 신기하고 귀엽다고 궁디팡팡을 해주던 손님들도 나중에는 흠칫흠칫 놀라는 게 느껴져서 웃길 때가 한두 번이 아니었다. 사실 고니는 손님들이 오면 궁디팡팡 집착이 더 심해져 한번 궁디팡팡을 해주면 손님들이 갈 때까지 끝도 없이 요구를 하기 때문에 나중에는 다들 힘들어서 궁디팡팡을 멈추고 얘기를 나누다가 아무 생각 없이 고개를 돌리면 고니의 높게 솟은 엉덩이가 눈앞에 딱 보여서 다들 흠칫! 놀란다.

#이것이_프로 궁팡러의_각

발라당 점돌이

점돌이는 누워서 쉴 때 배를 하늘로 보이고 발라당 드러눕는 걸 좋아한다. 점돌이가 허리가 안 좋아서 그 자세가 편해서 꼭 발라당 눕는 건지 아니면 제 취향인 건지는 잘 모르겠다. 그냥 짐작만 할 뿐이다. 어쨌든 점돌이는 항상 그렇게 발라당 드러누워서 휴식을 취하고 있는데 지나가다 볼 때면 그 모습이 너무너무 귀여워서 꼭 한 번씩 찍게 된다.

#언제_어디서나 #발라당

지금 나 찍고 있는 거냥?

무릎냥이 수리

수리는 무릎냥이이다. 사람의 무릎을 정말 좋아한다. 가만히 앉아 있으면 어느샌가 와서 무릎 위에 딱 자리 잡고 앉아 있다. 가끔 무릎을 안 주고 버티고 있으면 앞발로 박박 긁으며 자기가 앉아 있을 공간을 만들려고 하는데 그 모습이 너무나도 귀여워서 가끔은 일부러 버텨도 본다.

무릎에 앉아 있을 때는 다른 애들이 가까이 오는 걸 좋아하지 않아서 애들이 근처로 오면 앞발 펀치를 날리기도 한다. 다른 애들은 웬만하면 수리의 앞발 펀치에 금방 떨어져나가지만 쉽게 떨어져나가지 않는 아이가 하나 있는데 바로 소이다. 소이 역시 사람 다리 사이에서 애교 떠는 걸 좋아하는지라 서로 무릎을 양보하지 않으려 한다. 그래서 가끔씩은 내 무릎 위에서 소이와 수리가 서로 앞발 펀치를 날리며 투닥거리기도 한다. 다행히 심하게 싸우는 건 아니라서 나는 그냥 조용히 있으며 중립을 지킨다.

뜯다가 하품하다가

#하품시리즈 #코코편

누가 오든 말든

할배가 우리 집에 처음 왔을 때는 손님이 오면 전직 대장냥이답게 힘껏 하악질을 하며 제법 존재감을 드러냈는데, 이제는 그냥 만사가 귀찮나 보다. 누가 와도, 자기를 건드려도 쿨쿨 잠만 잔다.

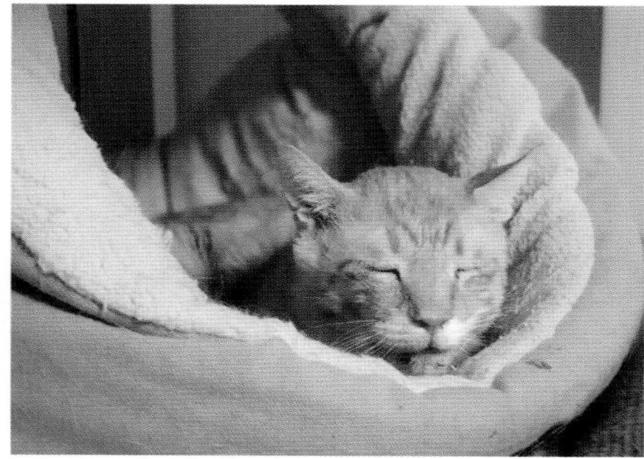

#찍든_말든 #Zzzz

긁긁긁

마치 제 집인 양

기적이는 약간 다른 고양이들과는 달리 외출에 대한 스트레스가 별로 없다. 병원에 가려고 외출을 해도 보통 고양이들은 집에서 나오자마자 바로 동공이 확장되고 심장이 벌렁벌렁 뛰면서 무섭다고 울고불고 난리가 나는데, 희한하게도 기적이는 전혀 그런 점이 없었다. 애기 때부터 워낙 병원을 많이 다녀서 그런 것일까?

기적이는 뇌전증을 앓고 있다. 때문에 반드시 하루에 세 번 시간에 맞춰 발작 약을 먹여야 한다. 가끔 내가 약 시간대에 기적이를 못 챙길 날이 생기면 어쩔 수 없이 병원에 맡길 때가 있다. 기적이가 애기 때부터 다니는 병원은 조금 먼 곳에 있어 차로 이동 시간만 한 시간이 걸리는데 그 한 시간 동안 익숙한 듯이 쿨쿨 잠만 자고, 병원에 도착해서도 일반 호텔링 같은 것은 스트레스를 별로 받아하지 않는 듯한 모습을 보여 주었다. 물론 진료를 받을 때라면 얘기가 다르다. 기적이는 제 몸을 건드리는 것을 엄청 싫어하고 바늘을 찌르거나 제 몸에 아픈 것을 할 때는 난리가 나기 때문⋯⋯.

여하튼 호텔링을 할 때는 마치 제 집인양 화장실도 마음껏 드나들고 밥도 열심히 먹고 대자로 뻗어서 쿨쿨 잔다. 그럴 거란 걸 알면서도 내심 마음이 불안해 밖에서 일을 하면서도 안절부절하다가 기적이를 데리러 갈 시간이 되면 부랴부랴 달려가는데, 그런 내가 무색할 만큼 대자로 뻗어서 너무나 잘 자고 있는 기적이를 보면 조금 허탈하기도 하다. 하지만 기적이가 이런 데 스트레스가 별로 없어서(물론 100퍼센트 없을 거라곤 생각하지 않는다. 아무리 그래도 제 집이 아닌데, 조금은 불편하겠지) 다행이라고 생각한다. 아무리 내가 기적이를 위해 모든 스케줄을 맞춘다지만 사람 일이란 게 뜻하지 않은 일이 생길 때도 많으니까. 종종 이렇게 기적이를 맡길 때가 있는데 기적이가 다른 애들처럼 무서워하고 난리를 쳤다면 마음이 너무나도 불편했을 것이다.

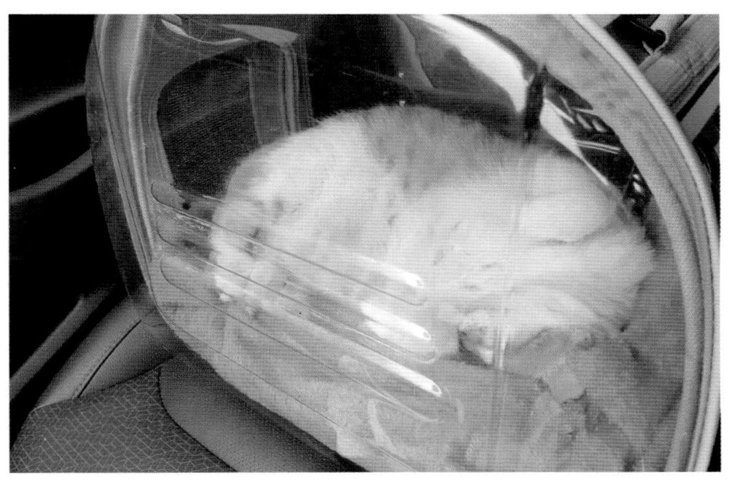

#병원으로_이동_중 #편안함_그_자체

숨은 쉬고 있는 걸까

가끔씩 도리는 특이한 자세로 잠을 자곤 한다. 바로 식빵 굽는 자세에서 고개를 바닥에 박고 자는 건데, 그렇게 자고 있는 도리를 보고 있으면 저러고 자면 과연 숨은 쉬고 있는 건지, 쉴 수는 있는 건지 궁금해질 때가 종종 있다. 그런 자세를 하고도 엄청 잘 자는 도리를 보면 숨은 쉬어지긴 쉬어지나 보다.

봄 여사와 아이컨택

#아이컨택은_함정 #하품시리즈 #봄여사편 #크하아아품

장난감이 있을 때만 달려요!

도리는 캣휠에서 굉장히 파워풀하게 달린다. 하지만 도리는 장난감이 위에 있을 때만 달린다. 장난감이 없으면 캣휠 자체에 잘 올라가질 않는다. 그래서 가끔 장난감을 캣휠 위에서 흔들어 주는데, 파워풀하게 달리는 도리의 모습은 지켜보는 내가 속이 다 시원해진다!

#폭풍질주 #달려라_도리!

할배는 조용한 분홍방을 선호한다

할배는 나이가 들어서일까, 북적북적한 거실방보다는 비교적 조용한 아이들이 모여 있는 분홍방을 더 좋아한다. 그래서 종종 분홍방을 찾아 숙면을 취하고는 하는데, 문 잠금 고리를 풀어 주면 앞발을 사용해 자기가 스스로 문을 열고 들어온다. 그 모습이 너무나 자연스럽다는 게 함정!

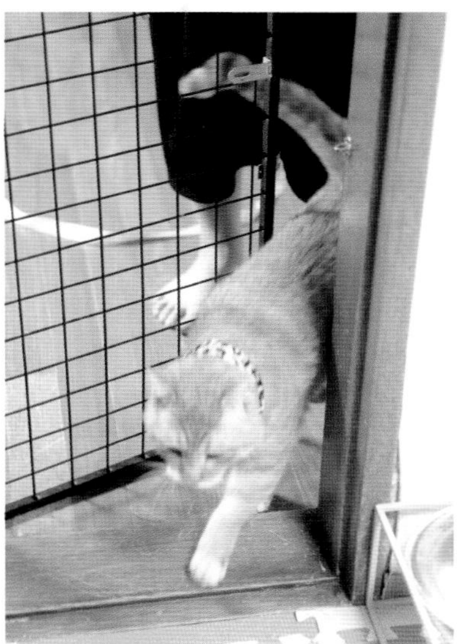

#문_여는_앞발 #당기시오

애미야

할배는 무언가 마음에 들지 않는 것이 있을 때에는 그 앞에 가만히 앉아 내가 봐 줄 때까지, 원하는 것을 해 줄 때까지 침묵의 시위를 한다. 은근히 입이 짧은 할배라서 밥이 뭔가 마음에 들지 않으면 그 위에 맛있는 무언가를 토핑해 줄 때까지 먹지도 않고 가만히 앉아서 조용히 시위를 한다. 그리고 분홍방에 들어가고 싶을 때도 마찬가지다. 분홍방에 들어가고 싶은데 잠금 고리를 풀어 주지 않으면 역시나 잠금 고리를 풀어 줄 때까지 그 앞에 죽치고 앉아 또 시위를 한다. 무언의 압박에 항상 지는 건 나다. 할배가 침묵의 시위를 시작하면 나는 버티고 버티다 결국 백기를 들고 밥 위에 토핑을 해 주고, 분홍방 잠금 고리를 열어 준다.

굉장히 조용하고 무시하면 그만인 시위지만 그 무언의 압박에 무시는 도저히 불가능하고, 가끔은 다른 애들이 계속 야옹야옹 울며 떼를 쓰는 것보다 할배의 저 침묵의 시위가 더 모른 척하기 힘들 때가 많다. 할배가 야옹야옹 울면서 떼를 쓴 적은 한 번도 없다. 그래서 할배도 아마 침묵의 시위가 더 잘 먹힌다는 것을 알고 있는지도 모르겠다. 굳이 목 아프게 울어 대는 것보다 가만히 앉아만 있으면 집사가 전부 다 해 주니까!

#애미야_토핑이_없구나 #애미야_문이_닫혀_있구나

털은 포기하면 편해요

우리 집에는 스물두 마리의 고양이들이 북적북적 살고 있는 만큼 같이 살고 있는 어마어마하고 무시무시한 존재가 하나 있다. 바로 '털'이다. 한 마리의 털만 해도 보통은 장난 아니라고 많이들 그러는데, 스물두 마리의 털이라니. 상상만 해도 어마어마할 것 같지 않은가?

우리 집은 피부병 등 특별히 미용해야 할 건강상의 이유가 없다면 굳이 미용을 시키지는 않기 때문에(그래서 쁘니만 미용을 하고 있다. 쁘니는 장모종의 고양이로 헤어볼 문제로 크게 아파 병원 가는 일이 잦았기 때문에 주기적으로 털을 밀어 준다) 스물두 마리의 아이들이 모두 털을 뿜뿜 하고 있다. 이 어마어마한 털을 상대하기란 말 그대로 불가능에 가깝다.

그래서 나는 포기했다. 그래, 포기하면 편하다.

#우리_집에_잠시만_있어도 #털_파티

수줍은 솜방맹이

가끔씩 깜짝 놀라는 기럭지

나는 보통 분홍방에서 쉬는데(잠도 여기서 잔다) 너무 오래 있으면 거실 애들이 분홍방 문 앞에 찾아와 나를 부른다. 그럴 때마다 흠칫흠칫 놀란다. 애들이 두 발로 서 있을 때 의외로 기럭지가…….

#새삼스레_길다

복붙 모자지간

기쁨이와 기쁨이 아들 유신이는 처음 보는 사람들은 쉽게 구별을 못할 정도로 똑 닮았다. 얼굴 무늬까지 어쩜 그리 비슷한지 그냥 그대로 얼굴을 복사해서 붙여넣기한 것만 같다. 사실 같이 부대끼고 사는 내 입장에서는 얼굴만 봐도 특유의 느낌이 다르기 때문에 확연하게 구분이 가는데 처음 보는 사람들은 그렇지가 않나 보다.

한번은 지인이 집에 놀러온 적이 있었는데, 낯선 사람에 대한 겁이 많은 유신이는 숨어있고 비교적 사람에게 경계가 덜한 기쁨이는 나와 있었는데 기쁨이를 보면서 열심히 유신아유신아~ 하면서 기쁨이를 부르고 있었다. 지금 부르고 있는 애가 유신이가 아니고 기쁨이라고 알려 주자 엄청 당황하기도 했다.

#누가_기쁨이고_누가_유신일까요?

#잘_보세요_얘가_기쁨이

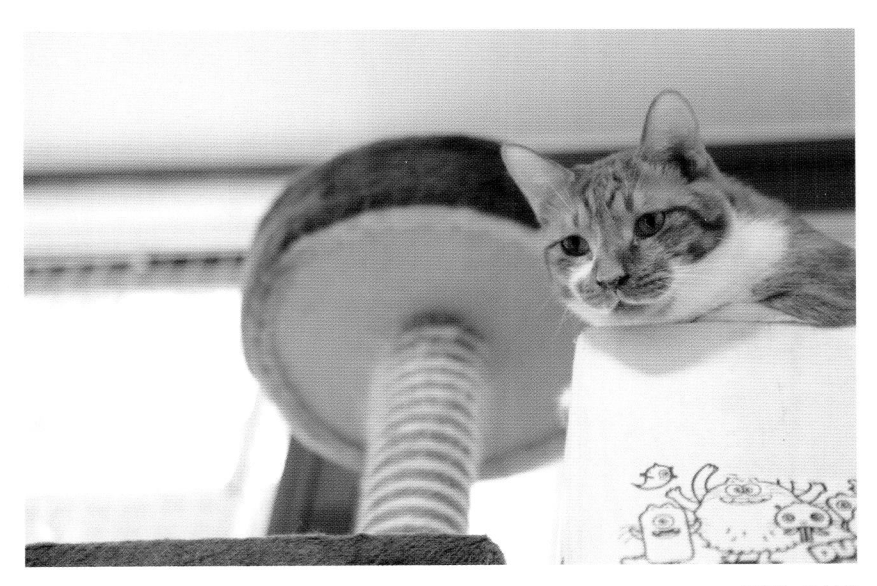

#얘가_유신이

10초 만에 반할걸

#얍_받아라_뒷다리_공격 #심쿵?

#완전_심쿵ㅠㅠ

스물두 번의 이별

나에겐 스물두 마리의 반려묘가 있다. 나의 소중한 가족이다. 스물두 마리의 반려묘가 있다는 것은 언젠가는 스물두 번의 이별이 닥쳐 올 것이라는 뜻이기도 하다. 이건 아무리 부정하려고 해도 부정할 수 없는 사실이다. 생각하기 싫지만 사실 생각 안 할 수가 없다. 한 번씩 문득 드는 이 생각은 아직 닥쳐오지 않은 미래에 대한 두려움이겠지만, 나는 그래도 계속해서 한 번씩 생각을 하곤 한다. 과연 내가 스물두 번의 이별을 잘 견뎌 낼 수 있을까? 아니, 잘 견뎌 낼 것이다. 남아 있는 아이들이 있는 한. 내가 지켜야 할 고양이가 단 한 마리라도 남아 있는 한, 나는 무너질 수 없으니 아마 어떻게든 다시 일어설 것이다. 그러나 그 마지막 한 마리가 떠나는 순간, 내가 과연 잘 버틸 수 있을지 걱정이 되곤 한다. 사실 그 순간은 상상만 해도 끔찍하여 생각하고 싶지도 않은데 자꾸만 생각이 든다.

당장 닥친 일은 아니지만, 아직 먼 미래의 일이지만, 그래도 언젠간 내가 떠나보낼 내 새끼들의 징표를 남기고 싶은 생각이 문득

들었다. 그래서 아이들의 털을 빗어 모아 작은 구슬로 만들어 하나의 팔찌로나마 작은 징표를 만들었다. 아이들이 떠나고 나면 소중한 징표이자 흔적이 될 것이다.

#내_보물

할배는 독서 중!

#눈_뜨고_자는_거_아니야?

무엇에 집중하나 했더니

한가로운 오후 어느 날이었다. 갑자기 아이들이 갸갸갸 하며 채터링을 하길래 나와 보니 창문 앞에서 유신이와 선덕이가 열심히 채터링을 하고 기쁨이도 어딘가를 주시하고 있었다. 혹시 벌레라도 들어왔나 싶어 살폈지만 찾지 못했다. 녀석들의 시선을 따라간 순간 피식 웃을 수밖에 없었다.

날씨가 좋은 날이면 창문을 활짝 열어놓고, 애들이 창문으로 바깥 구경을 하다 목을 축일 수 있도록 방묘창 네트망에 네트망 바구니를 걸어 놓았다. 거기다가 물그릇을 놓아 주곤 했는데, 그 물에 햇빛이 비춰 반사되어 천장에 물결이 찰랑거리며 보이는 것이었다. 그거 때문에 애들이 채터링을 하면서 열심히 쳐다보고 있었던 것이었다.

#초_집중

★★★최고난도★★★

뚱괭이 찾기 퀴즈
냥젤리 주인을 찾아라!

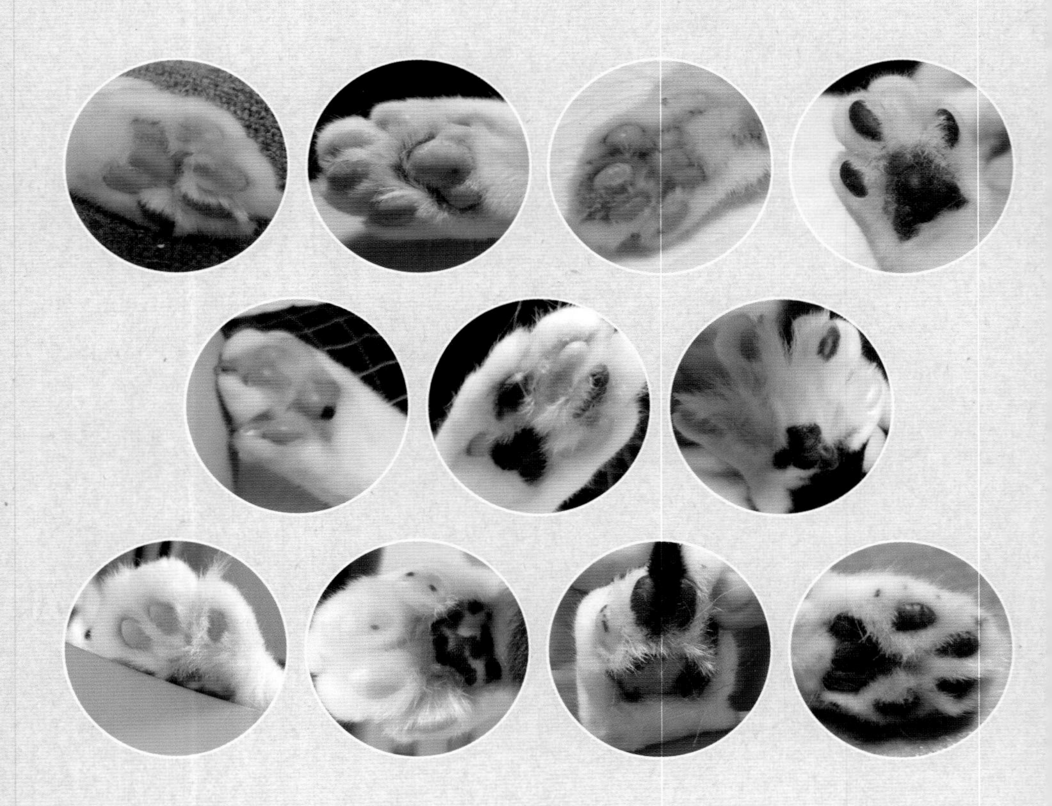

정답(왼쪽 상단부터 순서대로) 고니, 기쁨이, 기적이, 도리, 러비, 봄이, 봉남이, 쁘니, 삼이, 선덕이, 소이, 수리, 아저씨, 애옹이, 앰버, 요미, 유신이, 이백이, 점돌이, 코코, 콩이, 할배

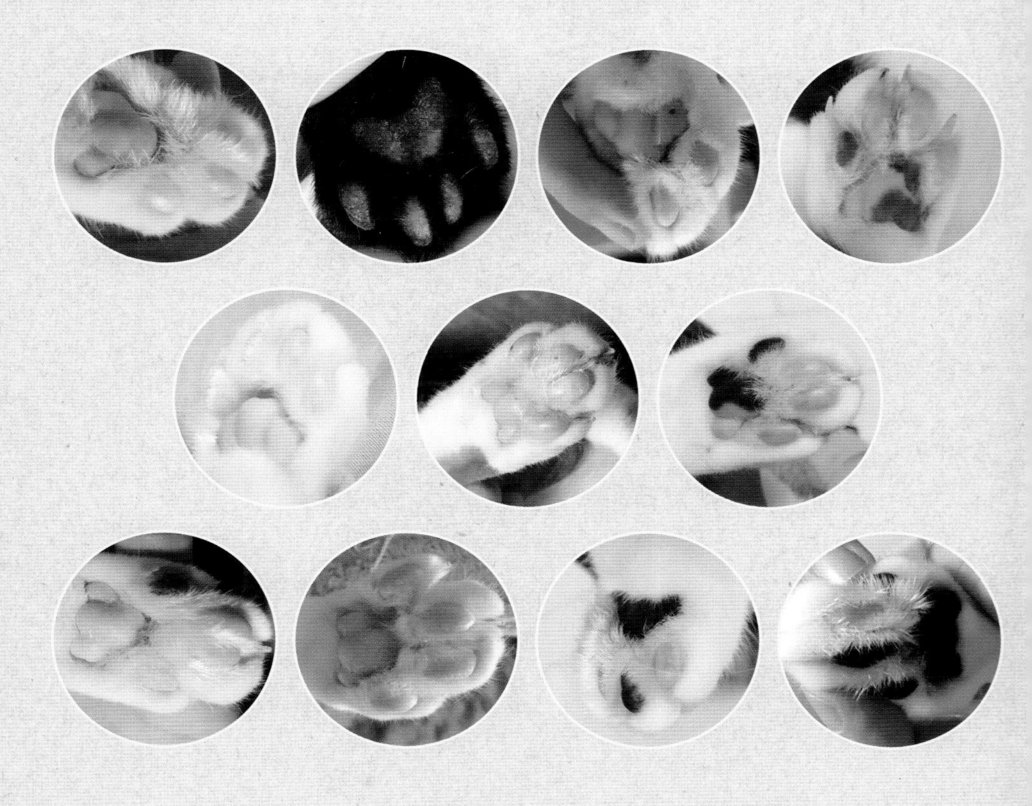

22똥괭이네, 이제는 행복한 집고양이랍니다
아프고 버려졌던 스트리트 출신 고양이들의 기적 같은 제2의 묘생기

초판 1쇄 발행 2019년 12월 20일
초판 3쇄 발행 2020년 1월 3일

지은이 이삼 집사
펴낸이 연준혁

출판 2본부 이사 이진영
출판 3분사 분사장 오유미
책임편집 이지예
디자인 풀밭의 여치
사진 이삼 집사 · 홍희선(라이프위드캣)
일러스트 Grace J

펴낸곳 ㈜위즈덤하우스 미디어그룹 출판등록 2000년 5월 23일 제13-1071호
주소 경기도 고양시 일산동구 정발산로 43-20 센트럴프라자 6층
전화 031-936-4000 팩스 031-936-3891 홈페이지 www.wisdomhouse.co.kr

값 16,000원
ISBN 979-11-90427-18-0 03810

이 도서의 국립중앙도서관 출판예정도서목록(CIP)은 서지정보유통지원시스템 홈페이지
(http://seoji.nl.go.kr)와 국가자료공동목록시스템(http://www.nl.go.kr/kolisnet)에서
이용하실 수 있습니다. (CIP제어번호: CIP2019045969)